中公文庫

慎　治

新装版

今野　敏

中央公論新社

目次

主な登場人物

渋沢慎治《しぶさわしんじ》……都内のとある中学校に通う二年生。E組に所属
小乃木将太《おのぎしょうた》……慎治のクラスメート。クラスでも一、二を争う成績
佐野秀一《さのしゅういち》……慎治のクラスメート。顔だちがよく、女の子に人気がある
武田勇《たけだいさむ》……慎治のクラスメート。体が大きく、喧嘩好き。サッカー部のレギュラー
岡洋子《おかようこ》……二年B組に所属。勇が所属するサッカー部のマネージャー
古池透《ふるいけとおる》……二年E組の担任

松井隆《まついたかし》……ビデオショップ『サンセット』の店長。サバイバルゲームチームの主宰者という顔も持つ

山下《やました》……『サンセット』の古参従業員

里見《さとみ》……吉祥寺にある模型店の店員。『ワイルド・ウルヴズ』のリーダー

袴田《はかまだ》……武道オタク。さまざまな格闘技に通じている

埴生《はにゅう》……サバイバルゲームチーム『虎部隊』のリーダー

慎治

新装版

この小説は一九九七年に執筆したものです。

今野　敏

1

口の中が渇いているのを感じていた。店の中の風景が何か二次元的な感じがする。遠近感が狂っていた。

周りの人間が、皆自分のことを気にしているような気がする。レジと反対側のコーナーでポスターをしきりに巻いている店の従業員のことがことさら気になった。

鼓動が激しくなっており、てのひらに汗をかいていた。自然に呼吸が荒くなっている。小乃木将太《おのぎしょうた》は、決してレジのほうを見るなと言っていた。

万引きが捕まるのは態度が不自然だからだ、とも教えられた。ごく自然にしていれば、たいていは成功するのだ、と……。

それは無理な話だった。万引きをしたくてしているわけではないのだ。もし、言うことを聞かなければ、泣きだすまで殴られ、何かを取られるだろう。ノートをどぶ川に捨てられたり、教科書にマジックで落書きをされたり、体操着を水浸しにされたり、女子の目の前でズボンを脱がされたりするだろう。

それは、死ぬより辛《つら》いことのように思えた。どうしようもない閉塞感を感じる。どこにも逃げ場がなく、誰も味方がいないという追い詰められた気分だ。

そんな気分を感じながら毎日を生きていかなければならないのだ。いっそのこと、警察に捕まってしまいたいとも思った。そうすれば、小乃木将太から逃げられるかもしれない。

その店の商品には、防犯カードが組み込まれているのはわかっていた。

大手の書店などでは、注文用のスリップに組み込んである場合もあるが、この店では、ラミネート・カードを使用していた。出口の両側にアンテナがあり信号を発している。レジで外《はず》さずに外に出ようとすると、カードの中の銅線が信号を遮る形になり、警報が鳴りだす仕組みになっている。万引き防止のために考えだされた防犯装置だが、すべての商品に付いているわけではない。

渋沢慎治《しぶさわしんじ》はクラスメートの小乃木将太から、この店の防犯装置の一部はダミーだと聞かされていた。すべての装置を本物にするにはコストがかかり過ぎるのだ。

運が良ければダミーの装置が付いている商品を持ち出すことができる。

その賭けをやる度胸がないのなら、カッターの刃を持っていけと言われていた。コミック本などに付いているカードは、ビニールのカバーで挟まれているだけだ。そのカバーをカッターの刃でこっそり切り、カードを外してコミック本を持ち出すのだ。

渋沢慎治は、追い詰められていた。

万引きなど、初めての経験だ。万引きが悪いことだとは知っている。悪いことをしたくないという気持ちもある。だが、今、渋沢慎治はその罪を犯そうとしている。

店の外では、小乃木将太を中心とする三人グループが待っている。渋沢慎治は、これまで、小乃木将太にさまざまなものを巻き上げられていた。

小遣いはほとんど取られてしまう。ゲームソフトも取られた。給食代を奪《うば》われてしまい、職員室に呼び出されたこともあった。そのときは、落としたと言わねばならなかった。

親の財布から金を盗んで渡したこともある。そして、ついに、万引きをしてこいと言われたのだ。

その店には、コミケなどに出品された同人誌も置かれている。なかなかの値打ち物が多いのだ。小乃木将太は、盗んでまで欲しいものがあるわけではない。渋沢慎治がどれだけ言うことを聞くか、試してみたいだけなのだ。

将太から事細《ことこま》かに万引きの方法を教わっていた。

まず、目を付けた商品のカバーにカッターの刃で切れ目を入れておく。そして、何か安い商品を買う。一度、レジで金を払ったということで店員を油断させるわけだ。そうしておいて、帰り際に、カバーの切れ目からカードを抜き取り、コミック本をさっと持ち帰るのだ。

店は混み合っていた。小学生から高校生くらいまでの客が多い。客の眼を避けて万引きをするのは不可能だった。

その点についても、小乃木将太はちゃんと考えていた。客の眼は気にしなくていいのだという。

客はみな、万引き犯の予備軍と思っていいと彼は言うのだ。万引きを見たとしても、それを捕まえようとする客など絶対にいない。従業員にチクる客もいない。小乃木将太は自信を持ってそう言った。

(どうせやらなくちゃならないんだ。さっさとやっちまおう……)

慎治は、そう思った。カッターの刃をてのひらで隠し、コミック本のカバーを切った。コミケ関係でしか手に入らない同人誌で、なかなか豪華な装丁の高価な本だった。その切り口を下に向けてコミック本を平台に戻す。そうしておいて、棚に並んでいる安価なコミックを適当に選んでレジに向かった。

できるだけさりげない様子でレジに並び、順番を待った。その間に、誰かが、カバーの切れ目を見つけないか不安だった。見つかったら知らぬ顔をして逃げればいいのだが、その後が怖かった。

失敗したら、小乃木将太はまた慎治に何か制裁を加えるだろう。罪を犯すことより、そちらのほうが恐ろしい。

レジで会計をするとき、緊張のために手の動きがぎこちなくなった。思わずレジ係の表情をうかがいそうになる。それが失敗のもとだと、小乃木将太に何度も注意されていた。

釣りと商品のコミック本を受け取り、もう一度さりげなく平台に戻る。

カッターでカバーに切れ目を入れた同人誌を引っ繰り返し、防犯装置の組み込まれたラミネート・カードを抜き取る。カードを下の本と本の間に押し込み、同人誌を今レジでもらった袋の中に滑り込ませた。

そのまま出口に向かう。

店を出たとき、慎治は全身の力が抜けるのを感じていた。足早に店を離れる。ビルの角まで来たとき、小乃木将太たち三人グループが近づいてきた。

小乃木将太はにやにやと笑っていた。慎治と同じ中学二年生だが、慎治より体がはるかに大きい。慎治は、どちらかというと発育が遅いほうで、華奢《きゃしゃ》な体型をしている。小乃木将太は、早熟ですでに声変わりも終わり、男性的な逞《たくま》しさを感じさせる体型に変わりつつあった。

中学の一年生から二年生にかけてのこの年代は、早熟な者とそうでない者の差が顕著に現れる。ちょうど変わり目の時期なのだ。

小乃木将太といつもいっしょに行動しているふたりも、早熟なほうだった。ふたりとも、小乃木将太より背が高い。

佐野《さの》秀一《しゅういち》は、細身で色が白い。顔だちがよく、女の子に人気があった。見栄《みば》えがするというだけで、小乃木将太は、佐野秀一のことを気に入っていた。

この年代の少年たちは、意外なほど美醜にこだわる。見た目が美しいかどうかが、いじめの理由になったりするのだ。

もうひとりの武田《たけだ》勇《いさむ》は、一番体が大きく、喧嘩《けんか》好きだった。小乃木将太のボディーガードといった役割だった。自分の強さを常に自慢しているタイプだった。

慎治は、この三人に会うと、いつもすべての感情が萎《な》えていくような気がした。反発する気もすでに失《う》せてしまっている。

恐怖はいつのまにか慢性的なものになっており、何の希望も見いだせない。

将太が言った。

「どうだ？　うまくいったか？」

慎治は、相手の顔を盗み見るようにして、袋ごと差し出した。

将太は、それをそのまま佐野秀一に渡した。視線は慎治に向けたままだった。

佐野秀一は、袋から同人誌を取り出した。女性に人気があった『ガンダム・ウイング』のキャラクターを使ったオリジナルストーリーだった。ガンダムのテレビシリーズ七作目となる『ガンダム・ウイング』の五人の主人公――ヒイロ、デュオ、トロワ、カトル、ウーフェイは、どれも少女マンガに登場するような美形であり、女性受けするキャラクターだった。コミケの常連のようなアマチュアの女性コミック作家たちがこの登場人物に飛びついた。彼女たちは、次々に『ガンダム・ウイング』の登場人物を使ったオリジナルストーリーを作り、同人誌マーケットで売り出したのだ。

その同人誌の表紙はもちろんカラー。口絵もカラーだった。

佐野秀一は、短く口笛を吹き鳴らした。

「こいつは、その筋に高く売れるぜ」

将太は、慎治の肩に手を置いた。

「やってみれば、どうってことはないだろう？　俺の言うとおりにやれば間違いない。今度は、ちょっと上級のテクニックを教えてやるよ。本は比較的簡単なんだ。たいへんなのは、ビデオやCDだ。なかなか店から持ち出せない。今度は、それを教えてやる」

慎治は、何も言わずに俯《うつむ》いていた。嫌だとは言えない。言ったところで許してはもらえないのだ。

嫌だと言ったとたんに、将太たちは暴力的になる。言うだけ損なのだ。

「さあ、行けよ。今日は、もういいよ」

将太は言った。慎治はほっとして、駅に向かおうとした。将太に解放されてから、また翌日会うまでの時間だけが、唯一安全な時間だった。

「明日も面白いところに連れていってやるぞ。楽しみにしてろよ」

将太が言った。慎治は振り向かずにその場から歩き去った。


郊外に立つマンションにある自宅に慎治が帰り着いたのは、夜七時を過ぎたころだった。すでに父親が帰ってきており、家族が夕食のテーブルに着いていた。

父と母と妹。

妹の明美《あけみ》は、小学五年生だった。このところ生意気になってきて、口喧嘩では慎治が負けることが多い。明美は、慎治と違って活発なタイプだった。

慎治は小柄で口数が少ない。一方、明美は、成長が早く、すでに身長が慎治に追いつきそうだった。

「遅いじゃないの」

母親が慎治に小言を言った。「どこ行ってたのよ」

「別に……」

慎治は部屋に鞄《かばん》を置きにいった。

３ＬＤＫのマンションだが、ＬＤＫが十二畳あるほかは、すべての部屋が四畳半というこぢんまりしたものだった。そのうちの二部屋を子どもたちが占領している。

父親は、書斎を持つのが夢のようだが、収入を考えれば、これ以上の家を望むのは無理だった。今でもかなりの贅沢《ぜいたく》と言えた。両親はローンに苦しみ、母親は、近所のスーパーにパートに出ていた。

慎治は部屋に入り、ひとりになるとようやく落ち着いた。鞄をベッドの上に投げ出す。勉強机とベッドで部屋の大半が占領されていた。

本棚の上にCDラジカセがある。贅沢をさせてもらっているわけではないが、不自由もしていないといった環境だった。

リビングルームのテレビの下の棚には、スーパーファミコンとセガサターンがある。小遣いをためて、今度はプレイステーションを買うつもりだった。

しかし、その小遣いは、いつの間にかすべて小乃木将太たちに巻き上げられてしまっていた。

ひとりになると、万引きをしたという罪悪感が心の中にわき上がってきた。もし、失敗して捕まっていたらと思うと、急に恐ろしくなってきた。

恐ろしいが逃げることはできない。どこに逃げていいかわからないのだ。慎治は、閉塞感で息苦しくなった。首の後ろが冷たい感じがする。このところ、ベッドに入ってもよく眠れない。

慎治を呼ぶ母の声が聞こえた。早く食事を済ませてしまえと言っている。腹はすいていなかった。いや、空腹なのかもしれないが、まったく食欲がないのだ。

しかし、夕食を食べなければ、両親は妙に思うだろうと思った。このところずっとそうだった。それで、無理に食事を続けていた。ときに、吐き気がした。それを訴えると、母親は、胃薬を飲めと言うだけだった。

食卓に着いて何とか飯を喉に流し込んだ。父親が、ナイターを見ながらビールを飲んでいる。

昔から変わらない家庭の様子だ。それは、妙に平和だった。夫婦喧嘩はたまにあるが、それが決定的な夫婦の不和になるわけではない。

自分が今、学校で味わっていることと、この家庭の平穏さは、まったく別の世界の出来事だった。だから、慎治は、自分がひどい目にあっていることを両親に告げることができなかった。

母親に心配をかけたくないという気持ちもあった。だが、それより大きいのは、学校でどんな目にあっているかを打ち明けたとたん、家庭に学校の世界が侵入してきそうな気がしていることだ。

家庭ではその話題に触れられたくないのだ。慎治は、ひとりで必死に恐怖と戦っていた。それが、母親の眼には無気力に映るようだった。

心の中で戦っている者は、しばしば外から見ると無気力に見えるものだ。

「また、食欲がないの？」

母親が言った。

「うん……」

「まったく……。どうしたのかしらね……。一度、お医者さんに行ってくる？」

「なんでもないよ。ただ、食べたくないだけだ……」

父親が慎治のほうをちらりと見た。

「父さんがおまえくらいのときは、いくらでも食べられたけどな……」

母親が言う。

「食べないから体が大きくならないのよ。やせっぽっちで……」

「おまえ、運動とかやる気はないのか？」

父親が言う。「父さんが中学生のころは、剣道やってたんだぞ」

慎治はこたえなかった。スポーツなどに興味を持つどころではないのだ。学校では、その日その日を生きるのが精一杯という気分だ。勉強にも身が入らない。おかげで成績は落ちつづけていた。

「塾とかよりも、スポーツクラブか何かに入ったほうがいいのかもな……」

父親は、テレビを眺めたまま言う。「野球なんてどうだ？」

慎治は、ため息をついて言った。

「興味ないよ」

「サッカーは？」

「だめよ」

母親が言った。「野球もサッカーも、活躍する選手は小学生のときからやっているのよ」

「中学生から始めたんじゃ遅いのか？　そんなことはないだろう」

「何でも早めに始めなきゃだめなの。英語だってそう。みんな小学生のころから英語塾に通ったりしているのよ。慎治はそれも出遅れて……」

「何か興味はないのか？　音楽とか絵とか……」

慎治は何もこたえない。

代わりにまた母親が言った。

「音楽ですって？　冗談じゃないわ。どれくらいお金がかかるか知ってるの？　それに、ピアノだってバイオリンだって、それこそ、小さなころからやっていなきゃだめなのよ。何もかも手遅れ……」

手遅れか……。

慎治は思った。中学生ですでに手遅れと言われている。慎治は、本当にそんな気がしていた。この先、生きていても何もできないような無力感があった。

母親は、すでに慎治の行く末をあきらめてしまったような言い方をする。それが慎治をことさらに追い詰めていた。

「せめて、いい高校に入ってもらいたいけど……」

慎治は、ついに茶碗を置いてしまった。成績が落ちていることは、本人も気にしていた。だが、今は勉強どころではないのだ。

両親が言っていることと、今置かれている状況があまりにかけ離れていた。

誰もわかってくれないし、誰も助けてくれない。

慎治は、いじめによって多くの中学生が自殺していることを知っていた。それは、彼にひとつの方法を教えてくれていた。自殺は伝染病のように伝わっていく。

救いのない者にとってはそれがある種の方法だと思えるからだ。どこにも逃げ場がないと感じている者が自殺のニュースを聞いたとたん、そうか、この方法があったんだ、と思ってしまう。その点が危険なのだ。

慎治も真面目《まじめ》に自殺を考えはじめていた。遺書に小乃木将太、佐野秀一、武田勇の名前をはっきり書いてやろう。死んだあと、それが世間に発表される。

そのとき、小乃木将太たちがどんな気分になるか。

それを想像するだけで、ほとんど官能的といっていいほどの快感を感じるのだった。

母親は悲しむだろう。父親も悲しむだろう。だが、自業自得なのだと慎治は感じていた。

母も父も慎治を助けられなかったのだ。

子どもを助けられない親は報いを受けるべきだと慎治は考えていた。

その考え方は、たしかに歪《ゆが》んでいた。しかし、歪んでいるかどうかというのは、正常な神経の人間だけが判断できるのだ。慎治のように追い詰められた人間にその判断はできない。

今の慎治には、自殺というのは唯一の救いの道に思えていた。

2

ビデオショップ『サンセット』の店長、松井隆《まついたかし》は、ついに防犯カメラを取り付けることにした。ビデオテープに録画できるタイプのものだ。

コストはかさむが、もうどうにも我慢ならなかった。万引き対策だった。

万引きされることの損害に、高い防犯カメラが見合うかどうかなど別問題だった。腹が立って仕方がないのだ。

今のところ、完全に万引きを防ぐ手だてはない。すべてのビデオに防犯装置を組み込んでいるが、ある程度の割合でダミーが混じっている。防犯装置のカードや外付けカバーの中には、渦巻き状にした銅箔《どうはく》が二枚あり、その両端にコンデンサーを取り付けてある。つまり、長い導線が入っているのと同じ状態だ。これが、出入口のセンサーに反応するのだ。

たいした仕掛けではないがコストはかかる。そのために、ダミーを混ぜてあるのだ。ちょっと見ただけではわからないが、よく見るとダミーと本物を見分けることはできる。万引きの常習犯にはわかるのだ。

ダミーと本物の区別ができないのは、万引きをする気などまったくない一般の客だけという皮肉な現実がある。

店の出口で警報が鳴る防犯装置を付けた当初は、万引きが激減した。だが、そのうち、すべてが本物でないことが口コミで伝わったようだった。

万引きはまた増えつづけていた。また別の手を考えなければならないのだ。万引きの常習犯とのイタチごっこだった。松井は、防犯装置などという消極的なものでなくもっと思い切った手を打ちたかった。

高価な防犯カメラを取り付けるきっかけになったのは、警察の対応だった。二日前のこと、『サンセット』でひとりの少年が捕まった。

万引きをしようとして、出口で警報が鳴った。少年は、商品のビデオを持ったまま、店の外に逃げだした。店員ふたりが少年を追い、捕まえた。

そこまではよかった。店に少年を連れ帰り、事務所で話を聞こうとした。たいていは、両親に連絡を取り、迎えに来てもらう。その際に店側は厳重に注意をする。

だがこのとき、少年は名前すら言おうとしなかった。両親にも連絡の取りようがない。

三十分以上経《た》って、埒《らち》があかないと判断し、松井は警察に任せることにした。

店員が少年を警察に連れていった。

その十分後だ。松井に警察から呼び出しが来た。警察署に出掛けると、少年はすでにおらず、少年を連れていった店員がうろたえた表情で座っていた。

松井は、何が起こったのかわからなかった。私服が松井に言った。

「ちょっと、こっちに来てもらおう」

松井は取調室に連れていかれた。

私服は、ひどく無愛想だった。松井は万引きについての証言を求められるのだと思った。

私服が言った。

「あんた、少年を店の事務所に連れていったそうだな?」

「はい。万引きのときはいつもそうしています」

「それで、どうするんだ?」

「たいていは、両親に連絡を取ります」

「今回は?」

「あの子が連絡先を言おうとしませんでした。それで、警察に任せようと……」

私服は、不機嫌そうにため息をついた。松井は様子がおかしいのに気づいた。

「少年はどのくらい事務所にいた?」

「三十分くらいですかね」

「三十分以上か、以下か？」

「ええと……。三十分を超えていたと思います」

「あんたね……。自分で何やったかわかってないようだな」

「え……」

「監禁罪なんだよ。三十分以上、あんたらはあの子を事務所に強制的に閉じ込めていた。脅迫罪も加わるかもしれない」

「そんな……。万引きはどうなるんです……？」

突然、私服は怒鳴った。

「俺は、あんたらの罪の話をしているんだ。何なら、今から手錠を掛けて豚箱にぶち込んでやってもいいんだぞ」

「あの少年は万引きをしたんですよ。あの少年はどうしたんです」

「反省の色がないようだな。しばらく泊まっていくか？」

松井は言葉を失った。相手が本気だということがわかったのだ。

万引きに対して警察は本気で取り締まろうとはしない。一度は、万引きを追っ掛けて捕まえた女子従業員が交番の警官に説教をされた。

無茶をするなというのだ。犯人を捕まえるのは警察の役目だとその警官は言ったそうだ。

相手が刃物でも持っていて怪我《けが》をしたらどうするんだと、警察官は、万引きを捕まえた女子従業員を怒鳴りつけたという。

万引きは立派な窃盗罪だ。しかし、警察では子どものいたずらとしか考えていない。実際は、万引きなど相手にしていられないのだ。いちいち万引き犯を逮捕していたら、警察の機能は麻痺《まひ》してしまう。

警察に言わせれば、万引きをされる側の管理に問題があるということになるのだ。どんな管理をしても、万引きを防ぐことはできない。本気で万引きを無くそうと思ったら、すべての商品を厳重なショーケースの中に置き、鍵を掛けておかなければならない。いや、もし、そういう措置を取ったとしても、万引きを百パーセント防ぐことはできないだろう。そして、売上げのことを考えれば、すべての商品を客の手の届かないところに置くことなどできないのだ。

客は、実際に手にとって商品を選びたがる。ビデオなどについては、パッケージに書かれた細かなリードや、出演者、スタッフなどのクレジットをチェックする。コミック本やその他の書籍は、実際にページをめくってみることが多いのだ。

要するに、警察はすべてを管理者の責任にして、検挙率に貢献しそうな問題が起きたときだけ首を突っ込んでくるのだ。

その日、松井と少年を捕まえた店員は、さんざん油を絞られた。腹が立ったがどうしようもなかった。逆らったら、実際に監禁罪、及び脅迫罪で捕まっていたかもしれない。どうにも納得できなかった。

そして松井は、ついに腹をくくったのだ。福島県いわき市の書店で、防犯カメラが捉えた万引きの現場をビデオにして販売したという例がニュースになった。人権問題が論議されていた。

つまり、そのいわき市の書店は、万引き犯を見せしめにするために顔がはっきり映った犯行現場のビデオを売り出したわけだ。

（当然だ）と松井は思った。（万引きする連中に人権などない）

販売店は、それくらいしか万引き犯に対する報復手段を持たないのだ。本当なら、万引き犯をリンチにしたいくらい腹に据えかねていた。松井もそのいわき市の例にならって、断固万引き犯に対処することにした。被害の額の問題ではない。少年少女は、ゲーム感覚で万引きをする。万引きに対して罪の意識を持っていないのだ。

「どうだ？」

松井は、カメラのテストをしている従業員に尋ねた。その従業員の名は山下《やました》。松井が信頼している古参だった。事務室に据えられたモニターに、店内の様子が映し出されている。

店内にはレンタル用のビデオの他、販売用のビデオも置かれている。廉価版は三千円くらいの価格だが、新作のＯＶＡ（オリジナル・ビデオ・アニメーション）やビデオムービーなどは七千円台から九千円台のものが多い。

一つ盗まれただけでもかなりの被害額になる。レーザーディスクの被害は少なかった。商品がかさばるためになかなか店外に持ち出せないのだ。

カメラは、アニメ関係のビデオが並んでいる一角に向けられている。アニメ関係の被害が比較的多いからだ。不思議なことに、アダルトものの被害は少ない。

モニターを見ていた山下がこたえた。

「いいですね……。顔まではっきり映っていますよ。かなり解像度がいい……。見てくださいよ」

松井はモニターをのぞき込んだ。

「ほう……。人相がはっきりわかるな……。ミヨちゃんが映ってるぞ。ビデオで見ても美人だな……」

ミヨちゃんは、店のアイドル的な存在だった。小柄でおっとりとした美人だ。普段はゆったりとしたトレーナーにジーパンをはいていることが多いが、きれいな脚をしており、胸が大きいことを従業員はみな知っていた。

「ビデオ、回してみましょうか？」

「ああ。やってみてくれ」

従業員がスイッチを入れる。しばらくしてストップし、プレイバックしてみた。

「悪くないな……。三倍速でもかなりきれいだ……」

「ダビングしても充分いけますね……」

「よし、罠《わな》は仕掛けた。あとは、餌に食らいつく魚を待つばかりだ」

松井は、ビデオをセットして事務室を出た。

三十五歳になる松井は、これまで、道楽らしい道楽も持たず、店の運営につとめてきた。

もともと『サンセット』は、父親の代までレコード店だった。今でもCDを置いているが、主力はビデオに変わっていた。松井の趣味も反映していた。

松井は、アニメが好きだった。アニメをよく知らない一般人は、いい年をして、というような言い方をする。

だが、松井は、そういうことを言う連中が最近のアニメを知らないだけだと考えていた。接する機会がなかっただけなのだ。

よく知りもしないでアニメをばかにする連中に『風の谷のナウシカ』を見せれば、おそらく十人中七人までは感動するはずだと彼は思っていた。

『風の谷のナウシカ』は今や古典だ。

さらに、『アキラ』を見せれば、残りの三人も参ったと言うに違いなかった。

今や、日本の映像の作品で、海外から先を争って買いつけにやってくるのは、アニメだけなのだ。クロサワ映画だってアニメの人気にはかなわない。

表現力、構想力、説得力、こだわり、すべての面で、アニメーションは日本のエンターテインメントのトップクラスを歩んでいるという自信が、松井にはあった。

『マクロス・プラス』という劇場公開用のアニメがあった。ストーリーの面ではまったくの失敗だったが、このアニメは、映像だけ眺めていると背筋が寒くなるくらいに美しい。メカもリアルならば、色彩と光の表現が絶妙だった。

メカのリアルさを追求するのなら、SFXのほうがいいだろうと言う者がいる。松井はその意見に疑問を持っていた。

たしかに、ハリウッド映画のSFXは凄《すご》い。だが、アニメは、デザインをそのまま動かすことができるのだ。

例えば、アニメは、シド・ミードがデザインしたメカをその色彩のまま、その質感のまま、その雰囲気のまま動かすことができる。その点が重要なのだ。

SFXもアニメも、実際にはないものを本当らしく見せる技術だ。その点では、アニメのほうがより表現の範囲が広いと、松井は考えていた。

『サンセット』という店名も、アニメの世界から取った。かつては、『松井レコード店』という地味な名前だったが、松井隆の代になり、ビデオに力を入れはじめたころに、この店名にした。有名なアニメのプロダクションに『サンライズ』というのがある。ガンダム・シリーズなどを制作したプロダクションだ。それで、松井は店名を『サンセット』にしたのだ。「サンライズ・サンセット」というわけだ。アニメ関係の品ぞろえには自信を持っていた。

『サンセット』のような個人経営の店は、どうしても大手のチェーン店に後れを取りがちだ。その点を、松井は、趣味を生かすことでカバーしていた。

今では、郊外のこの店にわざわざ都心のほうから客がやってくるようになった。アニメ商品の寿命は短い。絶版になるわけではないが、古い商品は品薄になるのだ。そうした商品がこの店で見つかることが多い。そういう噂《うわさ》は、マニアの間ではまたたく間に広がるものなのだ。また、『サンセット』では、エアソフトガンを使ったサバイバルゲームのチームを主宰するなど、固定客の確保につとめていた。

松井はレジの脇で、商品の梱包《こんぽう》を手伝い始めた。

出入口の自動ドアが開いて、ひとりの客が入ってきた。松井は、その客を見て笑顔でうなずきかけた。

馴染《なじ》みの客だった。

髪はさっぱりとカットしてある。ボストン型の眼鏡《めがね》を掛け、いつも柄物のシャツを着ていた。特に、ギンガムチェックのボタンダウンが好みで、このときもそうだった。

ズボンはいつもチノクロスのパンツで裾に折り返しがある。靴は茶色のローファーだった。爽やかな印象で、若く見えるが、松井は彼が自分と同じ年であることを知っていた。

三十五歳になる。

　松井もこの客も独身だった。

「やあ、いらっしゃい」

　松井は、客がレジのそばまで来るのを待って声を掛けた。

「どうも……」

　その男は、笑顔も見せずにうなずきかけた。いつもそうだった。別に無愛想なわけではない。むやみに愛想を振りまくタイプではないのだ。松井はその点、この男を気に入っていた。

　彼は中学校の教師だった。英語を教えている。名前は、古池透《ふるいけとおる》。

「エヴァが入ってるよ。四枚目だ。第七話と第八話が収録されている」

　エヴァというのは、『新世紀エヴァンゲリオン』というアニメだ。一九九五年から九六年にかけてテレビ放映された。『ガイナックス』というプロダクションの制作だった。凝りに凝った映像と設定でアニメファンに一石を投じた。

「いらないよ」

　古池は、そっけなく言った。

「売れてるんだぜ。関連グッズの売上げは桁違いだって聞いた。今なら四枚組で、初回のボックスを付けてやるよ。特別だ」

「いらない。それよりガンダムの新作ＯＶＡはまだ出ないのか？」

「『０８小隊《ゼロハチ》』か？　ゼロハチは、一年戦争ものだから、俺たちオールドタイプのガンダムファンにはたまらんよな」

　松井は言った。

「そうだな……」

　古池はやはりそっけなくそれだけ言ったが、表情が和《なご》んだので、同じことを感じているのが松井にはわかった。

「このところのテレビシリーズを見ると、俺たちはパージされたような気分になる。まあ、『サンライズ』の気持ちもわかるがね……。やはり、アニメは子どもに人気が出なけりゃしょうがない。玩具メーカーが付いているから、ガンプラが売れないことにはな……」

　ガンプラというのは、ガンダム関連のプラモデルのことだ。

「そういうわけで、ゼロハチに期待してるんだ」

「メカもいい。子どもだましじゃない。だいたい、玩具メーカーが悪いんだ。子どもの市場を意識するあまり、本編のメカデザインにまで口を出すそうじゃないか。だから、どんどんメカがオモチャになっていく。ガンダムに耳付けんなよ」

「そうだな……」

「だいたい、子向けのものに子供が飛びつくはずがないんだ。初代ガンダムだってストーリーもディテールも子供向けじゃなかった。だからこそヒットしたんだ。エヴァもそうだ。子供ってのは背伸びしたがるものなんだ。理解できないなりに、本物とそうでないものをちゃんと区別するんだ。ガンプラがあれほどのブームになったのは、ガンダムが子供向けじゃなかったからだ」

古池は、苦笑のような笑みを浮かべている。松井は、アニメのことを話しはじめると止まらなくなる。

「ゼロハチの発売が決まったら、教えてくれ」

「おっと、つい調子に乗ってしゃべっちまったな。ガンダムネタで盛り上がれる相手ってのは少ないからな。なあ、エヴァ、やっぱりいらない？」

「いらない」

「そうだ。あれ、見てくれよ」

松井は、防犯カメラを指さした。「万引き対策なんだ」

古池は、関心なさげに一瞥《いちべつ》して言った。

「おたくもたいへんだね……」

3

「今日のターゲットはここだ」

小乃木将太たち三人組に連れられて、慎治がやってきたのは『サンセット』だった。

将太は、慎治に命じた。

「『エヴァンゲリオン』の最新巻だ。間違えるな。第四巻だ。ＬＤは無理だろうから、ビデオを盗《と》ってくるんだ。いいか、店内に入ったら絶対にきょろきょろするな」

慎治は、俯いたままだった。こうして万引きを強要されるのは我慢ならなかった。いつまでこれが続くのかわからない点が耐えがたい。

慎治の毎日は、見知らぬ土地に幽閉された奴隷のような不安と恐怖に支配されている。

慎治は、俯いたまま『サンセット』に向かった。

店の中は、適度に混み合っていた。ジャンルごとに棚が分かれている。それほど広くない店のスペースを有効に使うために、幾つかの棚が店内を仕切るように配置されている。それが衝立《ついたて》のように視界を遮っており、レジからの監視を不可能にしていた。

店では、店員をレジの反対側にも配置するようにしていたが、人件費の節約のために人手を減らしており、どうしても監視がおろそかになっていた。

そのためもあって監視カメラが設置されたのだが、小乃木将太はまだそのことを知らなかった。ということは、当然、慎治も知らされていない。

慎治は、店に入り、アニメ関係の棚に近づいていった。そのとき、天井からカメラが下がっているのに気づいた。

（監視カメラ……）

慎治は、緊張した。誰かが、別のところでじっと自分だけを監視しているような気がした。カメラは、アニメの棚のほうを向いている。（万引きしているところが見つかっちゃう……）

慎治は、迷っていた。このまま店を出て、監視カメラがあったと言えば、小乃木将太は許してくれるだろうか？

とてもそうは思えなかった。将太は、度胸のなさをなじり、また慎治を殴るだろう。暴力を振るわれるのはうんざりだった。

慎治は、どうでもいいような気分になった。

（早く、ビデオを盗って帰ろう……）

慎治は、『新世紀エヴァンゲリオン』の最新巻を探した。

古池透は、知った顔が店に入ってくるのに気づいた。

彼が勤めている学校の生徒だ。しかも、彼が担任をしているクラスの生徒だった。

古池は舌を鳴らした。

こういう場所で生徒に会うのが嫌だった。別にはっきりとした理由があるわけではない。生徒とのやりとりが面倒なのだ。

自分は教師には向いていないのかもしれないと、こういうときに思う。彼は、人付き合いがわずらわしいと感じることがよくある。そして、その人付き合いの中には生徒との関係も含まれていた。

古池は、反射的に棚の陰に隠れた。そのまま店を出ていこうとした。出口に向かおうとしたとき、その生徒がくるりと踵《きびす》を返してやはり出口に向かうのが見えた。

古池は足を止めた。生徒をやり過ごそうとする。

その生徒が、出口に差しかかった。そのとたん、警報音が鳴りだした。

レジにいた従業員がいっせいに出口を見た。

何が起こったか、古池にはすぐにはわからなかった。だが、次の瞬間、はっきりとした。生徒は、凄い勢いで駆けだした。同時に、従業員もそれを追って外に駆けていった。その中には、店長の松井も含まれていた。

万引きだ。

古池は、深く重いため息をついていた。

（どうして、こう面倒なことが増えるんだ……）

『新世紀エヴァンゲリオン』のビデオにはプラスチック製防犯装置が付いていた。

慎治には、それがダミーか本物か見分けることはできなかった。どうしたらいいか、小乃木将太に言われていた。

もし、出口で警報が鳴ったら、一目散に駆けだせ。将太はそう言った。

そして、慎治はそのとおりにした。

外には、将太たちの姿はなかった。

警報が鳴ったとたんに、彼らは姿を隠したのだ。慎治が捕まったときに、そばにいるのはまずいからだ。

慎治は、もうだめだと思った。

店からは従業員が追い掛けてきている。後ろから罵声が聞こえる。

だが、必死であることが慎治を助けた。

どこをどう走ったか自分でも覚えていない。だが、慎治は逃げきった。体力の限りに走りつづけたのがよかったのだ。

また、『サンセット』の立地も慎治に幸いした。郊外だったため、信号に遮られることがなかった。また、店員が先回りできるような路地もなかった。万引きが捕まるのは、赤信号で行く手を遮られるような交差点でのことが多い。

そうして、慎治は、駅ビル内の商店街に逃げ込んだ。人混みに紛れ込むことができた。駅ビルには出入口がいくつもあり、やがてそのひとつから逃げおおせることができた。

「ちくしょう……。逃げられた」

松井は、店に戻ってくると、古池透に言った。息を切らしていた。「年は取りたくねえな……。追っ掛けっこはきついや……」

古池は、今の少年が自分の担任しているクラスの生徒だと言うべきかどうか考えていた。

結局、黙っていることにした。面倒事に巻き込まれるのは嫌だった。

教師としてあるまじき態度であることは百も承知だ。だが、古池はこのまま知らんぷりをすることにしたのだ。

もし、あの生徒――渋沢慎治が捕まっていたら、自分も何らかの関わりを持たなければならなかっただろう。

両親が来るまで渋沢慎治に付き添っているとか、あるいは、「この場は俺に任せてくれ」などと、松井に交渉することになったかもしれない。

だが、渋沢慎治は捕まらなかった。万引きは現行犯でなければどうしようもない。

古池は実のところ、渋沢慎治の運の強さに感謝していた。

「まあ、いい……」

松井が腹立たしげに言った。「今の様子は、ビデオに映っているはずだ」

古池は、松井の顔を見た。

思わず尋ねていた。

「ビデオに……?」

「そうだ。ほら、あれだ。監視カメラだよ。ビデオを回してあるんだ」

古池は、まずいことになったと思った。

「なんでまたビデオなんて……」

「万引きの現場を押さえるためさ。いざというときに証拠になるかもしれないだろう」

「そういう例はあまりないのだろう」

「ああ。警察はガキの万引きを相手にしてくれない。だからさ、実は、ビデオはひとつの報復手段なんだ」

「報復手段……?」

古池は、不安を感じた。まるで、自分が共犯者になったような気分だった。

「そうだ」

松井は言った。「福島のいわきでな、犯行現場が映ったビデオを三百九十円で売り出したんだそうだ。けっこう売れたそうだよ。見せしめだ。俺もそれをやるつもりだよ」

「人権問題になるぞ」

「覚悟の上さ。俺たちは、もう腹に据えかねているんだよ。万引きは防ぎようがない。警察は、万引きを捕まえた俺たちを犯罪者扱いする。親を呼べば、親はむくれる。最近の親は、まるで俺たちが悪いことでもしたような態度でこう言うんだ。お金を払えばいいんでしょう？　あんな親だから、躾《しつけ》のひとつもできないんだ」

「まあ……、親の躾については同感だな……」

古池は、曖昧に相槌《あいづち》を打った。心は別のところにあった。彼は、渋沢慎治という生徒のことを思い出そうとしていた。すると、驚くほど思い出せることが少ないのに気づいた。家族構成や親の職業といった基本的なことは思い出せる。どのくらいの成績か、どういう友達と付き合っているか、何のクラブに入っているか、科目は何が得意なのか——そういうことはわからなかった。

古池が生徒に対して熱心でないということもあるが、渋沢慎治が目立たない生徒であることが主な理由だった。渋沢慎治は、まったく教師の古池の関心を引くことがなかったのだ。

小柄な生徒だ。まだ小学生のような印象がある。古池が受け持っている英語に限って言えば、あまり成績がいいほうではない。勉強に関心がないように見える。

きわめて気が弱そうな生徒だった。家庭はどちらかといえば裕福で、不自由のない生活をしているはずだった。

両親とも健在で、家庭不和の話も聞かない。一般的に言えば、万引きをする理由などない。

しかし、古池は、生徒たちがゲームのような感覚で万引きをすることを知っていた。金に困って万引きをするわけではないのだ。万引きのスリルが面白いのだ。

(よりによって、俺の目の前でな……)

古池は思った。彼にとっては、慎治が万引きをしたという事実よりも、それを目撃してしまったということのほうが重大だった。

知らなければ、それで済んだことだった。その場に居合わせさえしなければ、後で、犯行現場のビデオが発売されようが知ったことではない。問題が公になれば、教頭か校長の責任になる。人権問題に発展すれば、もっと別の人々——人権擁護運動家とか弁護士とかが騒いでくれる。

だが、目撃してしまったからには無関係ではいられない。ビデオが発売されて慎治の犯行が公になれば、いずれ、松井は犯人が古池の受け持ちの生徒のひとりであることを知るだろう。そのときになって、知らない、見なかったでは済まされないのだ。

古池は尋ねた。

「ビデオはすぐに発売するのか?」

「いいや。ある程度の件数がまとまったところでまず一巻目を発売する。万引きのペースを考えれば、すぐに映像の材料は集まるだろうがね……。それから編集をしてマスターを作る。そうだね、一カ月はかかるまいが……」

　時間的な猶予はある。古池はそう判断した。その間に、渋沢慎治を説得して商品を返却させるなりの手を打てないことはないと、彼は考えた。

「よほど、万引きに腹を立てているんだな……」

「当たり前だ。損害もさることながら、ガキどもになめられるのが我慢ならないんだ。商品が欲しいのなら金を持ってくればいいんだ。昔は、欲しいものを手に入れるために、小遣いをこつこつ貯めたりしたもんだ。それなのに、今は、目の前にある商品を簡単に万引きしていく」

「子供が欲しがるような商品が、次々に発売されるからじゃないのか？　発売の頻度が高すぎて、子供の購買力が追いつかないんだよ」

「万引きの肩を持つのか？」

「そうじゃない。だが、子供の懐を狙うにしては、商品は高価だし、あまりにたくさん、それも頻繁に発売される。例えば、ゲームソフトなんかが……。欲しいものが買えなければ、盗みたくなる。今の子供は、身の回りに贅沢品があふれているくせに、メディアによって恒常的に飢餓状態にさせられているんだ。次々と目新しい魅力的なオモチャが発売されるんだからな……」

松井は肩をすくめた。

「まあ、言いたいことはわかるよ。俺も店やってて、よくまあ、子供がこれだけの商品に群がるものだと思う。例えばＯＶＡのビデオやＬＤだ。一枚、九千八百円、あるいは、七千八百円というのが相場だ。高いよな。だが、ヒット作は初回生産が間に合わないくらいに、あっという間に売れちまう」

「貧しい国の子供は、腹が減るから食べ物を万引きする。終戦直後の日本だってそうだった。今の日本の子供たちは、心が飢えているから万引きをする。物は豊かだが、この国は実は貧しいのかもしれないな」

「ああ……」

松井は、何だか急に神妙な顔つきになった。怒りが萎えてしまったようだった。「なんだか毒気を抜かれちまった気分だ。あんたの話を聞いているうちに、俺が、その心の飢餓を作りだす片棒を担いでいるような気がしてきた……」

「実際にそうなのかもしれない」

「身も蓋もない言い方をするな……。だがな、メーカーが次々に商品を開発する。その情報をメディアで流す。販売店は、それを売るだけだ」

「俺は、あんたたちを批判してやしないよ。第一、俺だってアニメファンとして恩恵を被《こうむ》っているんだからな」

「アニメファン？　ガンダムファンだろう？　あんたは、ガンダム以外に関心を示さない」

「そんなことはない。『攻殻機動隊』のＬＤは予約してあるじゃないか」

「ついでにエヴァはどうだ？」

「いらない」

古池は、松井に別れを告げ、『サンセット』を後にした。

4

『サンセット』の店員に追われた恐怖感は、まだ生々しかった。

慎治は、自宅に帰ってもまだ緊張から解放されずにいた。まだ、『新世紀エヴァンゲリオン』のビデオを持っている。

その現物を見ると、あらためて罪の意識を感じた。自分が犯罪者であることが息苦しかった。警察も、少年の万引きをいたずら程度にしか考えていない。だが、慎治にとってはれっきとした犯罪行為なのだ。

慎治は、帰ると部屋に閉じこもったきりだった。もうじき夕飯の時間だが、やはり食欲はなかった。小乃木将太たちは、警報が鳴りはじめたとたん姿を消し、それきりになった。

明日は、また学校で会わなければならない。また、どこかで万引きをやらされるのだろうか。そう思うとどうしようもなく暗い気分になった。

もうどこにも逃げ場はない。

慎治は、真剣に自殺を考えはじめた。何とか今の生活を終わりにしたかった。苦しみや恐怖から逃れたい。それには、もう自殺しか方法がないように思えたのだ。

決して安易な結論ではない。彼なりに必死に考えた結果だった。どうしたら、一番楽に死ねるだろう。いつしか、慎治はそんなことを考えはじめていた。

その前に、遺書を書かなくちゃ……。

ただ死ぬのはばかげている。小乃木将太たちに立ち直れないようなショックを与えなければならない。そのためには、遺書にはっきりと小乃木将太たち三人の名前を書かなければならない。そして、彼らにどんな目にあわされたかも……。

取られた金額ははっきりと書いたほうがいい。慎治は、ノートにどこでどれだけ取られたかを列記しはじめた。

合計するとたちまち十万円を超えた。すべてを正確に思い出せたわけではなかったから、おそらく実際にはもっと取られているだろう。

その記録を見ているうちにひどく腹が立ってきた。これを遺書に書いて世間に発表してやる。

慎治は、ノートのとなりのページに遺書を書こうとした。何をどう書いていいかわからず、なかなか書き出せなかった。ふと、両親のことが頭に浮かび、まず、両親に死ぬ理由を説明しなければならないと思った。

母親にあてた言葉を探しているうちにひどく悲しくなってきた。涙を流し泣きじゃくりはじめた。書きはじめると止まらなくなった。自分を助けることもできない両親を怨《うら》んでいたはずなのに、実際に書いていたのは母への感謝の言葉と、お詫《わ》びの言葉だった。それが延々と続いた。いくら書いても書ききれないような気がしてきたのだ。

小乃木将太たち三人の悪行を記録しようと考えて書きはじめた遺書だったが、なかなかそこまでたどり着けそうになかった。

父親や妹にも何か書かなければならない。それも一言では終わりそうにない。膨大な量の文章になりそうだった。

ついに、慎治は中断した。今まで書いた部分を引き破り、ばらばらにちぎってごみ箱に捨てた。

(僕は、遺書ひとつ書くこともできないのか……)

そう思うとひどく情けなくなり、さらに涙があふれてきた。

翌日の朝、学校に行くと、さっそく小乃木将太たちが寄ってきた。

「おい……。あれからどうした？」

佐野秀一がくだけた態度でそう尋ねた。共犯者に対する口調だった。

慎治は、椅子に座り机の上を見つめたままこたえた。

「逃げたよ」

「つかまらなかったのか？」

「ああ……」

「へえ、やるじゃん。……で、ブツは？」

慎治は、鞄の中から『新世紀エヴァンゲリオン』のビデオを取り出した。佐野秀一がさっと手を伸ばしてそれを奪い取る。

彼は、ビデオを満足げに眺めると小乃木将太に渡した。将太は、ビデオを見ずに、慎治を見つめていた。にやにやと笑っている。

「おまえ、才能があるかもしれないな」

慎治は何もこたえない。

「万引きの才能があるんだよ」

慎治は、驚き、周囲をそっと見回した。ほかのクラスメートに聞かれたくなかった。

「その才能を生かさない手はないぜ」

またやらされるのか……。

慎治は、閉塞感に泣きそうになった。背筋を寂寥《せきりょう》とした感覚がはい上がってくる。

そのとき、古池透が教室に入ってきた。朝のホームルームだ。

小乃木将太たちは、にやにやと意味ありげな笑いを慎治に投げかけながら、ゆっくりと自分の席に向かった。


古池は、慎治を気にしていた。

そのために、普段は気づかなかったことに気づいた。

慎治の席を取り囲んでいた三人だ。

小乃木将太、佐野秀一、武田勇——。

その三人の態度が気になった。そして、慎治の沈んだ態度も……。

小乃木将太は、クラスでも一、二を争う成績だった。古池が受け持っている英語の成績もいい。他の教科の教師にも評判がよかった。

佐野秀一は、いかにも軟派なタイプだが、女子に人気があることは明らかだった。すらりとしており、甘いマスクを持っている。

武田勇は、スポーツマンだった。体格がよく、こちらも女子に人気があるようだった。

その三人が、まったく冴《さ》えない渋沢慎治を取り囲んでいた。

そして、昨日の出来事だ。渋沢慎治は万引きをした。

古池は、渋沢慎治が自らの意思で万引きをしたとはどうしても思えなかった。考えられることはひとつだ。渋沢慎治は、誰かに強要されたのだ。そして、それは、小乃木将太ら三人である可能性が大きい。

（渋沢はいじめにあっているのかもしれない）

古池がそう考えたのはごく自然の成り行きだった。

中学生のいじめは、今や恒常的な問題となっていた。職員会議でも必ず話題に上る。これまで、古池は、いじめなど自分のクラスには無縁だと思っていた。職員会議でも他人事《ひとごと》のような顔で議論を聞いていたのだ。

（俺が無関心だっただけなのかもしれないな……）

古池は思った。注意して観察していれば、いじめの兆候は必ず発見できたはずだった。渋沢慎治はおとなしい生徒だ。だが、ただおとなしいだけではなかった。彼は抑圧されているのだ。

古池は、心の中でため息をついた。今、小乃木将太、佐野秀一、武田勇の三人は、じっと教壇の古池を見ていた。優等生を演じているのだと古池はようやく気づいた。

いや、演じているというのは正確ではない。彼らは、事実優等生なのだ。いじめの首謀者であっても、成績がよく授業態度がよければ、優等生と見なされる。そのいじめが表面化しないかぎりは……。

そして、いじめは、なかなか表沙汰にはならない。いじめられる生徒が怯《おび》えきっており、教師にそれを訴えようとしないのだ。また、誰かに訴える気力も無くしている場合がある。

（放っておくわけにはいかないな……）

古池は思った。（なにせ、万引きの現場を目撃してしまったのだからな……）

渋沢慎治から話を聞かなければならない、と古池は考えた。しかし、この場で職員室に呼び出したりはできない。

いじめにあっているのだとしたら、それが原因でまたいじめられるだろう。先生に何か告げ口をしたのではないかと勘繰られてしまうからだ。

さりげなくふたりきりになって、話を聞き出さなくてはならない。いじめられている生徒には、必ず加害者の眼が光っていると考えなくてはならない。うまくやらないと、被害者をよけいに追い詰めることになる。

（まずは、現場を押さえることだな……）

まだ、渋沢慎治がいじめられているという確証があるわけではない。その事実を確かめる必要があった。それからでないと、話は聞き出せないだろう。

古池は、休み時間や自分の空き時間に、クラスの様子を見に来ることにした。あくまでもさりげなく、通りかかるようなふりでやるつもりだった。

そして、渋沢慎治に『サンセット』のビデオの話をしなければならない。早めに手を打たないと話が大きくなってしまう。へたをすると新聞沙汰にまで発展するかもしれない。そんな面倒はごめんだった。

ホームルームを終えて教室を出ると、古池は、教室の後ろにある引き戸の窓からそっと教室の中をのぞいてみた。

皆、席に着いている。

渋沢慎治も小乃木将太たち三人も、動く様子はない。一時限目の用意をしているのだ。すぐに授業が始まる。

古池は、大きくため息をついた。

(まさか、俺がこんなに熱心に生徒のことを考えるとはな……)

彼は、かぶりを振ると、自分のクラスを去り、一時限目の授業に向かった。

5

慎治は放課後が恐ろしかった。また、小乃木将太たちに何かを命令されるに違いない。逃げて帰れば、翌日は、リンチが待っている。

その放課後がやってきて、慎治が帰り支度をしていると、小乃木将太たちが寄ってきた。佐野秀一が、慎治に言った。

「さあ、行こうか」

慎治は断れなかった。三人に囲まれるようにして教室を出る。そのまま、玄関に向かった。慎治は、下を向いたまま無言で歩いていく。

校内の廊下では、三人とも慎治に指一本触れようとしない。いじめの現場を誰かに見られたくないからだ。小乃木将太は、大人たちが自分に何を期待しているのかよく心得ている。それは、表面上のことでしかないのだ。成績がいいとか、聞き分けがいいとか、授業中の態度がいいとか、そういったことだ。教師も親も心の中のことまでは要求しない。表面だけ取り繕っていれば、大人たちは満足している。だから、将太は、その期待どおりに振る舞っているのだ。

見つからないところでは何をやってもいい。彼はそう考えている。

玄関で靴を履き替えて外へ出る。そこで、初めて武田勇が慎治の頭を小突いた。理由があったわけではない。それが当たり前のことになっているのだ。

「ぐずぐずするんじゃねえよ」

武田勇は言った。心底腹立たしげだった。武田は、スポーツマンタイプで教師たちに受けがいいが、実は感情の起伏が激しい。一流のスポーツマンにありがちなのだが、神経質で、すべての物事に対して好き嫌いがはっきりしている。彼は、慎治を毛嫌いしていた。弱々しい慎治をいじめることで、ある種の快感を感じているのだ。

「まったくおまえはノロマだな……」

佐野秀一が言って、慎治の背中を激しくどついた。慎治は、思わずよろけた。

だが、反抗したりはしない。じっと同じ態度で彼らに従っていた。

「よせよ……」

小乃木将太が、かすかな笑いを浮かべて言った。「俺たちが渋沢をいじめているなんて、誰かに思われたら心外だ。なあ、そうだろう、渋沢。俺たちは友達だよなあ……」

慎治は何もこたえない。

いじめが始まった当初は、いつかは解放されると思っていた。だが、今はもうその望みもなくなったと感じていた。もう、逃げることはできない。

いつどうやっていじめが始まったか、今となっては正確に思い出すことはできない。二年になってクラス替えがあった。小乃木と佐野はすぐに仲良くなった。それに武田が加わった。

彼らは慎治とは無縁の存在のはずだった。彼らは、華やかなグループだった。人気があり、先生たちの受けもいい。一方、慎治は何につけても一歩遅れるタイプだ。体格も貧弱で成績もいまひとつだ。

小乃木グループとの接触がいつ始まったのか、慎治も覚えてはいない。それは日常の小さな出来事の積み重ねだったのだろう。たとえば、体育の時間にへまをやったとか、理科の実験で、彼らを苛立《いらだ》たせたとかそういったつまらないことだ。気がついたら、慎治は彼らのいじめのターゲットになっていた。最初は、冗談だと思っていた。彼らがふざけているだけだと受け流していた。

しかし、実害を伴いはじめた。武田の暴力が慎治の心にダメージを与えはじめた。繰り返しの暴力は、抵抗する意思を奪ってしまう。そのうちに、ゲームソフトなどの持ち物を取られ、金を巻き上げられるようになった。

慎治はしだいに追い詰められていった。そして、ついに、万引きを強要されるまでになったというわけだ。

（もう、どうでもいい。僕は疲れた……）

慎治は思った。（どうしようもなくなったら、死ねばいいんだ……）


古池は、小乃木たちに取り囲まれるようにして玄関に向かう渋沢慎治に気づいた。もしかしたら、これまでも同じ光景を見ていたのかもしれない。だが、記憶はなかった。関心がなかったので認識できていなかったのだ。小乃木たちは、さり気なく周囲の様子をうかがっている。

渋沢慎治は、完全に無抵抗だ。俯いたまま覇気《はき》のない様子で歩いていく。連行されているようだった。そこには明らかに犯罪の臭いが感じられた。

犯罪というのが言い過ぎならば、反社会的な行為だ。

古池は、彼らの後はつけず、校門が見渡せる窓のところに移動した。彼らはそこを通るはずだ。

渋沢慎治を取り囲んだ小乃木たち三人が玄関から校門に向かって歩くのが見えてきた。いきなり、武田が渋沢の頭を小突いた。見ようによってはふざけているだけにも見える。だが、そうではなかった。

それは、渋沢の態度を見ればわかる。まったく抵抗をしない。俯いたままだった。ふざけ合っているのなら、渋沢がやりかえすなりの反応を示すはずだ。

今度は、佐野が、激しく背中を突き飛ばした。その行為には、明らかに悪意が感じられた。そして、渋沢はそのときも、まったく反応を示そうとしなかった。前方によろけながらも、言葉を発することなく、俯いて歩きつづけている。

古池は、彼らの間で何が起こっているのか、今はっきりと悟り、確認した。

窓を開けると、呼びかけた。

「おい、渋沢」

渋沢慎治より早く、小乃木たち三人が振り返った。小乃木は、古池に向かって礼をしてきた。優等生の態度だ。

それからややあって、ようやく渋沢慎治が古池のほうを向いた。

「ちょっと話がある。こないだのテストの成績のことについてだ」

渋沢は、ただ不安げな顔をしているだけだった。

古池は、小乃木に尋ねた。

「おまえたちは、渋沢に何か用があるのか？」

「いえ……」

小乃木将太は、はきはきとこたえた。「特別に用があるというわけではありません。でも、渋沢くんとはいつもいっしょに帰っていますから」

「先生はちょっと渋沢に注意したいことがあるんだ。先に帰ったほうがいい」

小乃木将太は、躊躇《ちゅうちょ》しなかった。

「はい。そうします」

小乃木は、渋沢の肩をぽんと叩《たた》くと、じゃあな、と言って校門のほうに向かった。渋沢は、ぽつんと立ち尽くしている。放心したような顔つきで古池を眺めている。

（なるほど、ぼうっとしたやつだ。いじめられても不思議はないな……）

古池は、かすかな苛立ちを感じながら、渋沢慎治に言った。

「ちょっと、こっちへこい」

渋沢慎治は、一度小乃木たちのほうを振り返ってから、校舎に戻ってきた。

古池は、渋沢慎治とふたりきりで話をしたかった。それで、彼を理科の準備室に連れていった。実験室のとなりにあり、備品や薬品をしまっておくための部屋だ。理科の教師の溜《た》まり場にもなっている。のぞいてみたら誰もいなかった。そこを使うことにした。

窓際に机がふたつ並んで置かれている。古池は、そこからキャスター付きの椅子を引き出して渋沢を座らせた。

もうひとつある椅子に腰を下ろすと、古池は言った。

「英語のテストのことだと言ったのは嘘《うそ》だ。別な話がある」

渋沢慎治の反応は鈍い。ぼんやりとした眼を古池に向けている。顔が紅潮しているように見えるのは緊張しているせいだろうか。叱られると思っているのだ。

「おまえ、いじめられているんじゃないのか?」

渋沢慎治は、相変わらずぼんやりとした印象だった。彼は、眼を伏せてしまった。

「どうなんだ?」

渋沢慎治は、俯いたままこたえた。

「そんなことはありません……」

古池はため息をついた。

「俺は面倒なことは大嫌いなんだ。おまえが嘘をつこうとするのを何とか説得して本当のことを聞き出すなんて、考えただけでも面倒くさい。だから、さっさと本当のことを言ったほうがいい。俺はもう二度とは訊《き》かん。おまえはいじめられているのか？」

渋沢慎治はこたえなかった。俯いたままだ。

古池は、それ以上質問しようとはしなかった。相手のこたえを待っているというより、こちらから何か言うのが面倒だった。

しばらく沈黙が続いた。やがて、渋沢が言った。

「いじめられているということを知ったら、先生はどうしてくれますか？」

古池は考えた。だが、日本中の教師が頭をひねっても結論が出ない問題だ。咄嗟《とっさ》にこたえを出せるはずもない。

「さあな……」

「僕、告げ口をされたと思われるのが嫌なんです」

「相手は小乃木たちだな？」

渋沢はこたえない。

「小乃木、佐野、武田の三人なんだな？」

「僕はこたえたくありません」

古池は、渋沢慎治の声を初めて聞いたような気がした。そのとき、渋沢の声に初めて意思が感じられたのだ。

「ビデオはどうした？」

渋沢慎治は、みるみる不安そうな顔つきになった。

「ビデオ……？」

「『サンセット』で万引きしただろう？　あのビデオだ」

「僕、万引きなんて……」

「俺はあのとき、『サンセット』にいたんだよ。出入口の警報器が鳴りだして、おまえが逃げていくのを見ていたんだ。あのビデオは今どこにある？」

「知りません……」

「ならいいさ。俺は、別におまえを助けたいわけじゃない。いじめは根本的には誰にも助けられない」

渋沢が、少しばかり驚いたように古池の顔を見た。ようやく渋沢は感情を表に出しはじめた。

「そんな顔をすることはない。いじめなんて、最終的には自分でなんとかするしかないんだ」

「ええ、そうですね」

渋沢慎治が言った。「その方法、僕も考えましたよ」

「ほう。どうするんだ？」

「自殺すれば、すべてが終わります」

「冗談じゃない。俺のクラスから自殺者を出すなんて。そんな迷惑なことはやめてほしいね」

「それ以外に解決の方法なんて思いつきませんよ」

「おまえは万引きをやらされ、ビデオは、小乃木が持っている。そうじゃないのか？」

「だとしたらどうだというんです？　先生は助けてくれるんですか？」

「言ったろう？　いじめは、結局自分でどうにかするしかないって」

「やっぱり自殺しかないんだ」

古池は、またしてもため息をついた。

「ばかだな、おまえ。生きてりゃいいことだってあるんだ」

「どんないいことがあるというんです？　僕は奴隷と同じなんです」

「そうやってやけになるのは、甘えている証拠なんだよ。考えてもみろ。そんな生活が永遠に続くわけじゃないんだ。それどころか、あと一年半我慢すれば、おまえは、黙っていてもやつらから解放される。いや、そんなに長くかからないかもしれない。あいつらだって受験があるからな。そのうち、いじめなんてやってられなくなる」

「僕は、一年も我慢できません。今日一日が辛くてしかたがないんです」

「だから死ぬというのか？」

「それしか方法がないのだったら、そうします」

「相手を殺しゃいいじゃないか」

「どうして自分が死ぬことばかり考えるんだ？　相手を殺しゃいいじゃないか」

「相手を殺す……？」

慎治は驚いて古池の顔を見た。

「そうだよ。おまえは、死ぬところまで追い詰められている。こうなれば、死ぬか生きるかだ。自分が死ぬくらいなら、相手を殺せばいい」

「殺人犯になってしまうじゃないですか」

「あきれたもんだ。死ぬのと殺人犯になるのとどっちがいいと思ってるんだ」

「死ぬほうがいいです。罪を犯さずに済みます」

「おまえは、自殺するくらいな目にあってるんだろう？　そして、相手は三人だ。身を守るためなら戦ってもいいんだ。刑法だって、自分の身を守るための戦いを全面的に禁じているわけじゃない。おまえが抵抗すると、三人でおまえに暴力を振るうんだろう？　マット殺人事件を覚えているか？　おまえは生命の危機を感じるはずだ。そのとき、おまえが戦って相手を殺しても殺人罪にはならない。あらかじめ、おまえに殺意があるかどうかが問題になるだろうが、おそらくは傷害致死だろう。そして、長い間いじめにあっていたということで情状は酌量《しゃくりょう》されるしな……。たいした罪にはならんよ。それより大きなことは、おまえが自分を守ったという自信が持てることだ」

「でも……。じゃ、先生は、小乃木くんか誰かを殺してもいいというのですか？」

「やっと白状したな。やっぱり小乃木たちにいじめられていたんだ」

「……そんなこと、先生が思うはずない。小乃木くんより僕が死んだほうがいいに決まってる。小乃木くんは優等生だし、ほかのふたりも先生たちに気に入られている」

「死んだっていいさ、あんなやつら」

「え……」

「あんなやつら、将来、ろくなもんにならない。成績がよくて要領がいい。まあ、せいぜい一流企業に入ってエリートサラリーマンになるんだ。それで、社会に出ても同じことを繰り返すんだよ。くだらない生き方だ。今死んでも同じことだ」

「社会に出ても同じことを繰り返すって……。どうしてそんなことがわかるんですか……？」

「なぜ、やつらがいじめをやるかわかるか？」

「なぜって……」

「いじめってのはな、自分たちの社会を守るためにやるんだ。自分たちは優位にいて健全なコミュニティーを円滑に運営している。それを証明するためにいじめが必要なんだ。人種差別と同じことだ。いじめられるやつというのは、健全な社会のためのスケープゴートなんだよ」

慎治は、目をしばたたいた。古池の言っていることがまったく理解できないようだった。

「いじめをやるやつというのは、自分たちが社会の代表だと思っている。例えば、小乃木は自分がこの中学という社会の健全な構成員だという意識を持っている。そして、その社会を均一化したいと無意識で考えている。体格的に劣っているやつ、家が貧しいやつ、勉強ができないやつ……。そういうのを、自分たちの理想とする社会の異分子として弾圧するんだ。まあ、こんなことを言ってもわからないだろうけどな……」

「いえ……」

慎治は、目を丸くしたまま言った。「全部はわかんないけど、だいたいわかります」

「そうか……。今、小乃木たちがやっていることは、日本の社会がやってきたことの縮図だ。日本の社会というのは、異分子を認めない。そして、その異分子を意識的に作ることで自分たちの社会の健全さを保とうとするんだ。村八分なんかも同じことだ。村を健全に保つために、誰かの犠牲が必要なんだ。日本の社会は、そういうことを反省したことが一度もない」

「よその国はあるんですか？」

「アメリカは、人種差別と戦おうとしている。それでも差別はなくならないがね……。少なくとも、過去を反省してそれと戦おうとしている。ドイツもそうだ。ナチスの選民思想を反省した」

「日本は違うんですか？」

「田舎者の集まりだからな……。他人と違うことを極端に恐れる。今、若者は、平気でそういうことをやっている。例えば、ディスコやクラブという小さな社会を作り、ちょっとでも毛色の違う服装を軽蔑したりする。異端者を許さないんだ。会社でもそうだ。会社では、他人と違うやり方をする人間は嫌われる。ユニークな人材や発想を求めると言いながら、そういう人間は、いつのまにか日の当たらない場所に追いやられるんだ」

「それもいじめですか？」

「同じことなんだよ。だから、いじめは絶対になくならない」

「そんな……」

「だから、いじめをするやつらにわからせなきゃならないんだ。おまえらだけが社会の代表じゃないんだ、と……。中学くらいだとな、ちょっと勉強ができたり、ちょっと体格がよくて体力があるだけで自分が偉いと思い込んじまう。まだガキだからな。それは間違いだと思い知らせなきゃならないんだ」

「どうやって……」

「さあな……。戦うのが一番だ。言ったろう。それで相手を殺しちまってもしかたがないって。でなければ、殺されちまうんだろう？」

　慎治はしばらく考えていた。やがて言った。

「いや……。やっぱり、僕にはできそうもありません」

「じゃあ、逃げるんだな。それがてっとり早い」

「逃げ場所なんてありませんよ。毎日学校には来なきゃならないんだし……」

「学校なんて来なくていいよ」

「え……」

「おまえ、生きるか死ぬかの瀬戸際なんだろう？　学校なんて来なくていい」

「先生がそんなこと言うなんて……」

「それで勉強が一年遅れたとする。一年なんて長い人生からすればどうってことないんだ」

「でも……。親がうるさいし……」

「だからな……。そうやって、あっちもこっちも立てようとするから追い詰められるんだ。死ぬつもりだったんだろう。なら、親が何言おうがいいじゃないか。何が大切で何が大切でないか、わからなくなっているのが、今のおまえだ……」

「親に叱られたりするの嫌だし……」

「なら、学校に行ってるふりしろよ」

「え……」

「おまえ、本当は死にたいわけじゃなくて、別の世界に逃げたいんだろう？」

「そうかも……」

「今のままでも、それは可能なんだぜ」

「まさか……」

古池は、また、あきらめを感じさせるようなため息をついた。

「俺はな、生徒に自分の趣味を見られるのが嫌だった。だが、特別におまえに見せてやろう」

「趣味……？」

「これから、俺の部屋に来るか？」

慎治は、呆然《ぼうぜん》と古池の顔を見ていた。

6

将太たちがどこかで待ち伏せしているかもしれないと、慎治は思った。古池先生に帰れと言われて、小乃木将太たちは、おとなしく言うとおりにした。だが、それで済むとは思えなかった。

古池とともに学校を出た慎治は、あたりに常に気を配っていた。どこかで将太たちが見ているかもしれない。

「気になるか？」

古池が尋ねた。

「え……？」

「小乃木たちだよ。どこかで待ち伏せしていると思うか？」

「はい……」

「心配するな。俺がいっしょなんだ。何にもできないよ」

「今日はだいじょうぶでしょう。でも、明日のことを考えると……。僕が、先生といっしょなので、小乃木くんたちは腹を立てているかもしれません」

「いじめられそうになったら、すぐに学校を出ろ。授業なんてもうどうでもいい」

「そんな……」

「死ぬ度胸があるのなら、授業をさぼるくらいどうということはないだろう」

「逃げたら、次の日、よけいにいじめられます」

「そうしたら、次の日も逃げろ。学校に来なくてもいい」

慎治は、古池が言っていることがまともなこととは思えなかった。古池がそう言っても他の先生が許さないだろう。慎治は、前から古池のことを変わった先生だと思っていた。先生らしいところがない。

他の先生は、授業中の態度だとか、廊下で騒ぐなとか、始業ベルが鳴ったらすぐに席に着けとか、いろいろなことを口うるさく注意する。だが、古池はそういうことを一切言おうとしないのだ。

ホームルームでも伝達事項を簡潔に伝えるだけだ。普通の先生とはどこか違う感じがするのだ。

だから、古池に、学校に来なくていいと言われても、その言葉に従う気にはなれなかった。

古池のアパートまでは、歩いて十分ほどの距離だった。将太たちの姿は見かけなかった。今日のところはあきらめて帰ったのだろうか？　だが、やはり明日のことが恐ろしかった。

今頃、将太たちは慎治について話し合っているかもしれない。明日は、どうやっていじめてやろうか、あれこれ計画を練っているのだ。今日、いじめられなかった欲求不満を明日、ぶつけてくるかもしれない。

慎治は、いっそう暗い気分になった。

「さあ、入れよ」

部屋のドアを開けて、古池が先に入った。

1LDKのアパートで、独り暮らしには充分な広さだった。奥の部屋にベッドと机がある。LDKには冬には炬燵《こたつ》になるテーブルが置かれている。オーディオセットとテレビ、ビデオ、LDプレーヤーが壁面にぴったりと配置されている。その部屋の一角に、ちょっとした作業台が置かれていた。

慎治は、無言でぺこりと頭を下げて部屋に入った。どんな挨拶をしていいかわからない。自分が妙におどおどしていることは自覚していた。だが、こういうときに、明るくはきはきとした態度など取れない。先生とふたりきりというだけで緊張してしまうのだ。

無理に何かを言おうとすると、どうしてもぎこちなくなり、変な失敗をしてしまう。素直に自分の気持ちを言えばいいのだが、どうすれば素直になれるのかわからない。

「こっちだ」

古池にうながされて、彼は入ってすぐのＬＤＫの一角に近づいた。慎治は、目を丸くした。言葉が出てこない。

棚に模型が並んでいた。すべて、十センチくらいの高さの模型だ。こまかい細工がされていて、着色もされている。その塗装は見事だった。素人目にも技術の高度さがわかる。

慎治は、吸い寄せられるように顔を近づけて見た。

頭部の直径は一センチ以下だ。そこにこまかな細工がされている。筋彫りもきれいに入っており、スケールの小ささを感じさせなかった。

「ガンダムだ……」

慎治は言った。

「わかるか？」

「わかります。プラモですか？」

「いいや。フルスクラッチだ」

「フルスクラッチ……?」

「削り出すのさ。こっちへ来てみろ」

慎治は、うながされて作業台に近づいた。台の上には作りかけらしい部品がある。たしかにプラモデルとは違うことがわかった。板金途中の自動車のボディーのようにあちらこちらに何かを塗り付けたような跡がある。

「今、『ガンダムRX79G』を作っている。『08小隊』というシリーズの主人公メカだ。もとはこういうものだ」

古池は、直方体の固まりを手にとって見せた。それは、プラスチックの固まりのようなものだ。

「何ですか、それ……」

「レジンを固めたものだ。モデラーの世界ではレジンブロックと呼んだりする」

「レジン……?」

「これがレジンだ。正確に言うと無発泡ウレタン」

古池は、ふたつのポリ容器を取り出した。理科で使う薬品を入れるような容器だ。その中に液体が入っている。無色透明の液体のようだ。

「このふたつの液体を混ぜ合わせると、こういう固まりになる。つまり、液体の状態で型に入れてやると、その型どおりに固まるわけだ。それで部品を作りだす。素材のブロックを作るときは、プラ板で四角い枠を作り、それに流し込んでやる。好きな大きさの素材を作れるわけだ。それを削っていく」

慎治は、ようやく事情が呑《の》み込めてきた。つまり、古池は、棚に並ぶガンダムたちを、その固まりから削り出したということなのだ。信じられなかった。

慎治は、プラモデルもこれほどきれいに作り上げることはできない。それなのに、古池は、ただの固まりから作ったというのだ。

あらためて、作業台の上を見た。

たしかに作りかけの部品は、そのレジンの固まりと同じ素材でできているようだ。

「そこに並んでいるガンダムは、すべてフルスクラッチしたわけじゃない。バンダイの『Bクラブ』というセクションが、ガレージキットを出している。『オール・ザット・ガンダム』というシリーズだ。それが何体かある。『オール・ザット・ガンダム』が二百二十分の一のサイズなので、フルスクラッチするときも俺はそのサイズに合わせている」

慎治は、古池が何を言っているか、正確には理解できなかった。どうも古池は、相手が子供であろうが素人であろうが、相手に合わせてしゃべるということがないらしい。慎治は、その点も不思議に思った。

「ガレージキットって、何ですか？」

「ああ……。まだ、作ってないやつがあるから見せてやろう」

古池は、作業台の下から紙の箱を取り出した。プラモデルよりはるかに小さい箱で、箱絵も簡素だった。「これが『オール・ザット・ガンダム』の『試作一号機・RX78GP01』だ」

古池が箱を開いてみせた。ビニールの袋に入った部品が見える。プラモデルのように枠に部品が付いているわけではない。部品がばらばらの状態で入っている。それぞれの部品は、プラモデルというより、よくガムやキャラメルに入っているオマケに近いような気がした。

その細かいオマケのような部品がごちゃごちゃとたくさん詰まっている。

「これを組み立てるんですか？」

「ガレージキットはな、ただ組み立てるだけじゃない。プラモデルと違って着色してないだろう。このグレーは、素材の色そのままなんだ。それに、部品の歪みもあるし、小さな気泡による穴もある。それをきちんと修正して、下地を作り、組み上げて色を塗る」

「へえ……」

「実際、ガレージキットを作るには、すごく手間がかかる。フルスクラッチより時間がかなり節約されるというに過ぎない。あらかじめ形ができているからな。だが、たいてい、部品のディテールは作り直さなければならない」

「先生……」

「何だ？」

「先生の言っていること、よくわかんないんですけど……」

「それは、おまえが理解しようとしているのかそうでないのかによる」

「でも、初めて聞く言葉ばかりなんですよ……」

「興味を持てば、そのうちわかるようになる。興味を持たなかったら、それまでだ」

慎治は、棚に並ぶガンダムたちを改めて見た。そして、古池に視線を戻すと言った。

「興味はあります」

「そうか。俺は、趣味を無理強いするつもりはない。ただ、俺は、こういう趣味を持っているということを見せたかっただけだ。いや、ただの趣味じゃない。俺は、こういう別の世界を持っているんだ。俺は、この世界に戻ってくると、自信が持てるし、新しいテクニックを身につけようというやる気もわいてくる」

慎治は古池が言った〈この世界に戻ってくる〉という言い方が面白いと思った。

「僕もプラモデルを作ったことがあります。模型はけっこう好きです」

「やってみたいか？」

「はい。やってみたいです」

慎治は、このとき、初めて素直な一言を言えたと感じた。

「おまえ、美術の成績はいいほうか？」

「はい」

「絵を描いたり、彫刻をしたりするのが楽しいと感じるか？」

「はい」

「ならば、素質はあるな……。おまえのようなタイプは向いているかもしれない。いきなりフルスクラッチは無理だ。ガレージキットすら無理だろう。まず、プラモから始めるか……」

「ここでやるんですか？」

「特別に、俺の道具を貸してやる。通ってくればいい」

「はい……。何だか塾みたいですね」

「どう思ったっていいよ。ただし、俺はガンダムしか作らん。戦車とか戦闘機とかの知識がないから、そういうモデルの指導はできない」

「ガンダム、僕も興味あります。でも、先生がガンダムを好きだとは思いませんでした……」

「そうか……？」

「だって、ガンダムって、アニメですよ」

「それがどうした？」

「先生、アニメなんて見るんですか？」

「見るよ。こっち、来てみろ」

古池は、奥の部屋に入った。慎治は、その後についていった。

そこには、オーディオセットや、ビデオなどの機材が置かれていた。その脇にカラーボックスがあり、その中にぎっしりとレーザーディスクが詰まっている。

「へえ……」

慎治は思わず声を洩《も》らした。「レーザーディスクですね。アニメなんですか？」

「全部ガンダムだ」

「え……」

慎治は驚いた。「全部ガンダムって、どういうことです？」

「おまえの知ってるガンダムって、どんなんだ？」

「ええと……。『Vガンダム』でしょう。それから『Gガンダム』、『ガンダム・ウイング』、そして、今やってる『ガンダムX』……」

「だろうな。それ以外のガンダムは知らないわけだ」

「小さいころ、何かテレビでやってましたけど、よく覚えてません」

「それは、『Z《ゼータ》ガンダム』と『ガンダムZZ《ダブルゼータ》』のことだろう。だが、最初のガンダムは、おまえが生まれる前に放映されていた」

「本当ですか？」

「ああ。『機動戦士ガンダム』が放映されてから、今年で十七周年になるからな。ここには、商品化されたガンダムのレーザーディスクすべてが揃《そろ》っている」

「信じられないな……」

古池は、棚からレーザーディスクを取り出して説明を始めた。

「この三枚が、初代ガンダムを劇場公開用にまとめたものだ。この三枚を見れば、初代ガンダムのことは、だいたい理解できる。このボックスに入っているのが、テレビ放映第二作目のゼータだ。この当時は、まだ、初代ガンダムのキャラクターが出演している。ブライト艦長とかな……。シャアやアムロも出ている」

「アムロ……？」

「安室奈美恵《あむろなみえ》じゃあないぞ。アムロ・レイというんだ。初代ガンダムのパイロット。主人公だよ。その後に続いたダブルゼータはまだ商品化されていない。そのうちにボックスで出ると思うけどな」

「それが、僕の小さいころにテレビでやっていたやつなんですね」

「ああ、そうだ。ゼータは、八五年から八六年にかけて、ダブルゼータは、八六年から八七年にかけて放映された。その後、しばらくガンダムはテレビから姿を消す。そして、九三年に、『Vガンダム』が放映された。ちなみに俺は、この『Vガンダム』のデザインがテレビシリーズの中で一番好きだ。カトキハジメがデザインしている」

「誰です、それ……」

「天才メカ・デザイナーだよ」

「はあ……」

「そのあと、九四年から九五年にかけて、『Gガンダム』が放映された。俺が唯一付き合っていないガンダムだ。いや、あれはガンダムじゃない。記憶から抹殺したいね。ガンダム史上の汚点だと俺は思っている」

「面白かったですよ」

「どうしてですか？」

「ガンダムはただのロボットアニメじゃいけないんだ」

「歴史の重み。ファンを育てた責任がある。『サンライズ』はそれから逃げちゃいけない」

「『サンライズ』って？」

「ガンダムを作っているプロダクションだよ」

「ガンダムって、面倒くさいんですね」

「面倒くさいわけじゃない。歴史というのはそういうものなんだ。例えばジャズやクラシックといった音楽を聴くとする。ただ聴いただけじゃあまり面白くない。それなりに勉強をして、体系付けて聴いたときに本当の面白さがわかってくる」

「へえ……」

「そのあと、『ガンダム・ウイング』と続く。まあ、ちょっと持ち直したがね……。ウイングは、『Ｇガンダム』ほどひどくはなかった。ただ、主人公メカのガンダムがオモチャくさくなっちまった」

「違いがわからないな……」

「カトキ・メカに惚《ほ》れ込めばわかるよ。そして、今放映中の『ガンダムＸ』に続くわけだ。『ガンダムＸ』については、俺はまだ評価を保留している。ただ、印象としては悪くない。メカもウイングほどオモチャじゃない」

「ずいぶん、あるんですね……」

「これだけじゃない。本当の傑作は、テレビ放映されなかったガンダムの中にある」

「テレビでやらなかったガンダムって……?」

「まず、これだ。『逆襲のシャア』。八八年に劇場公開された。劇場公開版のガンダムは、その後、九一年の『ガンダムＦ91』がある。まあ、Ｆ91は、観なくていい。つまらん。だが、『逆襲のシャア』は傑作だ。そして、本当の傑作は、ＯＶＡの中にある」

「ＯＶＡって何ですか?」

「オリジナル・ビデオ・アニメーション。つまり、販売用のビデオだけで展開したシリーズだ。まず、八九年に発売された『００８０《ダブルオー・エイティー》・ポケットの中の戦争』全六巻。これは、傑作中の傑作だ。そして、九一年から九二年にかけて発売された『0083《ダブルオー・エイティースリー》・スターダストメモリー』十三話・全十二巻。このカトキハジメ・デザインのガンダムの機能的な美しさといったら……。そして、現在、『第08MS小隊』が続いている。まだ、二巻が出たばかりだ。これもいい」

古池は、次々と、その実物を取り出して見せる。慎治は、ジャケットの美しさ、描かれているメカの魅力に吸い寄せられるように見つめていた。

「この0080とか0083とかいう数字は何ですか？」

「それこそがガンダム世界の証《あかし》だよ」

「どういうことです」

「悲しいことに、こういうことを言うのは、最近ではオールドファンと呼ばれる。ガンダムファンのオールドタイプだ。『Gガンダム』以来、俺たちオールドタイプは常に冷たい眼で見られる……」

「なぜですか……？」

「いろいろ原因があるだろう。だが、主な理由は、玩具メーカーの商業戦略なんだと思う。玩具メーカーは、あくまで子供相手に商売をしようとする。そこに原因のひとつがあると思う」

「よくわからないな……」

「つまり、さっきも言ったように、ガンダム世界は、それなりに歴史を勉強しないと理解できない。だが、子供にそれを求めることはできない。勢い、玩具メーカーは、子供がすぐに飛びつける物語を求める」

「僕、興味あります」

「説明を聞く覚悟があるなら話してやってもいい。そのかわり、途中で逃げだすなよ」

「だいじょうぶです」

「いいだろう。説明してやろう」

7

「ガンダム世界は、オフィシャルな年表があって、すべての作品は、その年表に則《のっと》って作られてきた」

「オフィシャルってどういう意味ですか……?」

「正式なという意味だ。この場合、いくつかの意味がある。つまり、版権を持っている『サンライズ』が正式に認めた年表という意味であり、カルト的なファンが認めている年表という意味でもある」

「カルト的……?」

「面倒くさいな……。いちいち説明しなきゃならないのか」

「すみません……」

「熱狂的といったような意味だと思えばいい」

「はい……」

「ガンダムのオフィシャルな年表は、一九五七年から始まる。旧ソ連が初めて人工衛星の打ち上げに成功したことが記されている。そして、六一年の有人衛星の成功。その次が一九六九年。アポロ11号が月面に着陸してアームストロング船長が月に足跡をつけた年だ。その後に、その場所は、月面都市フォン・ブラウン市の中心となる。フォン・ブラウン市には、アームストロング船長の足跡が記念碑となって残っている。そして、年表には一九八〇年、ボイジャー1号が、土星の探査をしたことが記されている。一九九九年に地球連邦政府が発足し、二〇〇九年に地球連邦軍が組織された。西暦による記述は、ここまでだ。この先は、UCとなる。UCというのはユニバーサル・センチュリー、つまり宇宙世紀という意味だ。増えすぎた地球上の人類を月と地球のラグランジュ・ポイントに作った宇宙コロニーに移住させた。その最初の年をUC〇〇〇一年とした。このラグランジュ・ポイントにあるコロニー群のことをサイドと呼ぶ。ラグランジュ・ポイントってわかるか？」

「いいえ……」

「ふたつの天体の質量比がある一定の割合にある場合、両者と正三角形を作る点で重力のバランスが取れ、そこに第三の天体が存在できる。この重力のバランス点のことをラグランジュ・ポイントというんだ。フランスのラグランジュという天文学者が発見したのでそう呼ばれる。これは一八世紀にラグランジュが唱えた説で、本人も純粋に理論的なものでしかないと思っていたが、後に、アキレスという小惑星が、太陽と木星のラグランジュ・ポイントにあることが発見された。現在では、月軌道上に相月照、対月照、地球軌道上に相日照、対日照という宇宙塵《うちゅうじん》が知られているが、これがラグランジュ・ポイントだ。宇宙の塵《ちり》が自然に集まってくるんだ。宇宙コロニーは、ここに作られているという設定になっている。ガンダム世界のコロニーの基本概念は、プリンストン大学教授のG・K・オニールという学者が考えたものに沿っている」

　慎治は、何とか理解しようと努めた。だが、理解できない言葉が多すぎた。古池は、構わず説明を続ける。慎治は、理解できなくてもとにかく聞きつづけることに決めた。

「さて、UC〇〇五八年に、コロニー群のひとつ、サイド3が独立した。ジオン・ズム・ダイクンという人物が、ジオン共和国を樹立する。このジオン・ズム・ダイクンの死後、サイド3は、ザビ家に乗っ取られ、後に、ザビ家が、ジオン共和国をジオン公国に改める。そして、このザビ家のジオン公国が地球連邦政府に対し独立を宣言し、これを阻もうとする連邦政府と戦争になる。この戦争が起きたのが、UC〇〇七九年一月三日。後に〈一年戦争〉と呼ばれる。初代ガンダムの舞台がこの〈一年戦争〉だ。初代ガンダムというのは、この〈一年戦争〉に地球連邦軍が投入した新兵器だった。だから、ガンダムファンは、初代ガンダムのことを『一年戦争もの』と呼んだりする。OVAの0080や0083というのは、このUC上の年を表している。つまり、『0080・ポケットの中の戦争』は、ちょうど〈一年戦争〉が終結するころのあるコロニーが舞台になっている。『0083・スターダストメモリー』は、〈一年戦争〉終結後、三年がたち、ジオン再興を唱える残存勢力と連邦軍の戦いを描いている。『08小隊』は、まさに〈一年戦争〉まっただなかの物語だ」

「主人公は?」

「え……?」

「それって全部同じ時代の話でしょう?　主人公は同じなんですか?　アムロとかいう……」

「いや、OVAの主人公は皆違う。すべて、サイドストーリーという形で作られている。同じ時代でも、立場が違えば物語も違ってくるだろう?　そういう描き方をしているんだ。だから、オフィシャルな年表が意味を持ってくる。主人公や登場人物が違っても、みな同じ歴史を生きている人々だから、共通認識を持って描ける。それに、兵器の開発史や、科学技術の開発史も盛り込まれているから、勝手に凄い兵器を登場させたりできないわけだ。例えば、ガンダム世界が成立するためには、ミノフスキー粒子というのが大きな要因となっている。これは、プラスとマイナスが交互に格子状に並んでいる粒子で、立方体の構造を持っている。このミノフスキー粒子の力を利用して物体を重力下で浮かせたり、推進力に使ったりする。ミノフスキー物理学の応用で、常温核融合炉も完成した。このミノフスキー粒子は、意外な特性があった。電波を通さないのだ。だから、レーダーなどが無効になったわけだ。ミノフスキー粒子を散布したフィールドでは、通常、無線も通じない。レーダーを使ったミサイルなどの武器の有効性は減少し、視認に頼った接近戦が有効になってくる。そこで、モビルスーツが開発されたのだ。格闘もできる、作業もできる、射撃もできる。戦闘機と戦車の特性を併せ持った汎用兵器だったわけだ」

慎治は、自分がどれほど間抜けな顔をしているか気づいていなかった。たかがアニメだと思っていた。アニメにこれだけの背景があるなどと考えたこともなかった。彼はすっかり驚いてしまったのだ。

古池の説明はさらに続く。

「さて、テレビ放映された『Ζ《ゼータ》ガンダム』は、〇〇八七年から〇〇八八年にかけての〈グリプス戦役〉が舞台になっている。一年戦争が終わって、連邦軍にはティターンズと呼ばれるジオン残存勢力討伐部隊が組織された。これが、連邦軍の中で勢力を伸ばし軍事独裁的な行動を取りはじめる。それに対抗する勢力として、連邦軍内にエウーゴという秘密結社ができた。『Ζ《ゼータ》ガンダム』は、このエウーゴの主力モビルスーツだ。それに続くΖΖ《ダブルゼータ》は、〇〇八八年から〇〇八九年にかけての〈アクシズ戦役〉が舞台だ。小惑星アクシズが地球圏に侵入してくる。このアクシズは、ネオ・ジオンを名乗る勢力の基地となった。〈アクシズ戦役〉は、このネオ・ジオンと連邦軍の戦いだ。ちなみに、『モデルグラフィック』という雑誌とプラモデルの連動企画だけで、『ガンダム・センチネル』というシリーズが作られたが、そのセンチネルは、ちょうど〈グリプス戦役〉から〈アクシズ戦役〉に至る時代の話だ。カルトなファンは、ゼータとかダブルゼータとか言わずに『グリプス戦』『アクシズ戦』と呼ぶんだ」

「へえ……」

「どうだ？　まだ、聞く気はあるか？」

慎治は、理解できないながらも興味を覚えていた。

「はい……」

「〈グリプス戦役〉で、シャア・アズナブルが失踪する。シャア・アズナブルというのは、〈一年戦争〉のときのアムロのライバル役だ。ガンダムの人気をシャアが支えていたと言ってもいいくらいのキャラクターだ。シャアの本名は、キャスバル・レム・ダイクン。ジオン共和国の設立者、ジオン・ズム・ダイクンの息子だ。〈グリプス戦役〉で姿を消したシャアは、〈アクシズ戦役〉の後、ネオ・ジオンの総裁として再び姿を現し、かつてのネオ・ジオンの本拠地、小惑星アクシズを地球へ落とす作戦を展開する。それと戦うのが、かつてのライバル、アムロとブライト艦長だ。これが劇場公開された『逆襲のシャア』だ。そして、同じく劇場公開の『F91』は、その〈シャアの反乱〉から三十年後という設定になっている。さらに、テレビ放映された『Vガンダム』は、その『F91』から三十年後ということになっている。テレビ・シリーズは、『Gガンダム』以降、このオフィシャルな年表から離れてしまった。まったく別の物語としてスタートした。『ガンダム・ウイング』もそうだし、『ガンダムX』もそうだ。初代ガンダムから十七年もたって、ガンダム世界を理解できるのは、かなり年齢が上の世代となってしまった。そこで、新しいファンを獲得する必要があった。かつてのガンダム年表や世界観を引きずっていてはそれができない。それはわかるのだが、俺は残念な気がする」

「どうしてですか?」

「『スタートレック』というSFがあるのを知っているか?」

「いいえ」

「アメリカのテレビシリーズだった。映画にもなった。日本でも放映されて人気があった。このシリーズは実に三十年以上の歴史を誇った。最近は、新たなキャストで新作が作られている。かつてのシリーズを続けられなかったのは、この作品が実写で、出演者が年をとってしまったからだ。このシリーズは、アメリカで熱狂的なファンを持っていて、そのファンは、スタートレッキアンと呼ばれる。アメリカにはスミソニアン博物館というのがあり、そこには、アポロを始め、実際に宇宙を飛んだ宇宙船の模型が展示されている。そこに、スタートレックに登場した宇宙戦艦ＵＳＳエンタープライズ号の模型も展示されている。スタートレッキアンたちが、熱烈にアピールして展示させたのだ。つまり、実在した宇宙船と並んで、テレビシリーズの宇宙戦艦が堂々と展示されているわけだ」

「へえ、すごいですね……」

「シャーロック・ホームズは知っているだろう？」

「ええ。探偵ですね」

「コナン・ドイルという作家が作りだした架空の探偵だ。だが、世界各国にシャーロック・ホームズ学会というのがあり、まるで実在の人物であったかのような研究活動が続けられている。ロンドンには、実際にホームズの部屋というのが博物館のように展示されている。このシャーロック・ホームズ学会やスタートレッキアンの活動は、単なるファンの集いではなく今や立派なひとつの文化だ」

「ええ……。何となくわかります」

「クトゥルー神話というＳＦがあってな……」

「クトゥルー神話ですか……」

「ラヴクラフトという作家が書いた、まあ、太古から暗黒の邪神が人類を支配してきたといったような話なんだが、これが、ラヴクラフトの死後も、弟子やファンによって書き継がれて信じがたいほど壮大な物語になっている。いいか。ガンダムは、スタートレッキアンの活動やシャーロック・ホームズ学会のようなひとつの文化になる可能性があった。また、クトゥルー神話のような壮大な歴史観を作り上げる可能性もあったわけだ。実際に、現在も、プロ、アマを問わず、多くのサイドストーリーが書かれている。コミケなんかでもガンダムネタの同人誌がたくさん売られている。だが、現在、そういう考え方は、迷惑だと作り手が考えているようだ」

「どうしてです?」

「商売にならないからさ」

「でも、ファンはたくさんいるんでしょう?」

「玩具メーカーの戦略に合わないファンが多いんだよ。やはり、子供を引きつけなければならないんだ。ガンダムは、今や安定した人気を持っている。だが、商売を考える人間は、安定した人気じゃ満足しない。ブームが来なければだめなんだ。だから、歴史を学ばなければ入れないような物語は作ってはいけないと考えているんだ。そうなると、物語をまっさらの状態から作ったほうがいい。今までの歴史や世界観など無視してな。だから、『Gガンダム』以降は、ガンダム年表の世界観を無視するようになった。今や、ガンダムという概念は、メカデザインの上で辛うじて残されているだけだ」

「それでブームが起きるんですか?」

「起きるわけがない。いいか、ガンダムがブームを巻き起こしたのは、それまでにどんなアニメもどんな日本のSFもやったことのない世界観を築き上げてきたからだ。子供たちも、わからないなりに必死についていこうとした。だから、奇妙なブームとなったんだよ」

「奇妙なブーム？」

「初代ガンダムは、最初にテレビ放映されたときは人気がなかった。放映が途中で打ち切られたほどだ。しかし、燻《くすぶ》っていた火が徐々に勢いを増すように人気が広がっていった。そして、劇場で最初の映画が封切られると一気に人気が高まった。劇場には、徹夜で順番を待つ行列ができた。それは、プラモのブームをも巻き起こした。ガンダムのプラモは、ガンプラと呼ばれるが、発売と同時に売りきれるほどの人気だった。売り場に買い手が殺到して怪我人が出るほどの騒ぎになったんだ。そういうブームというのは、それまで誰も経験したことがなかったんだ。それほどのブームになれば、子供だって夢中になる。玩具メーカーもわが世の春を謳歌《おうか》した。だが、そんなブームがいつまでも続くわけがない。ガンダムの、過熱した人気はすでに過去のもので、現在は、サブカルチャーのひとつとして根づいたと考えるのが正しいのだと思う。しかし、玩具メーカーやプロダクションなどの作り手は、それじゃ満足しない。ま、商売のことを考えれば、それもわからないじゃないが……。俺みたいな、オールドタイプのガンダムファンには、淋《さび》しい限りだね」

「あれ……。でも、これ、一年戦争ものなんでしょう」

慎治は、『第08MS小隊』のジャケットを指さして言った。

「呑み込みが早いな……」

古池は、初めて少しばかりうれしそうな顔になった。「そう。これは、最新のOVAで、まだ、二巻までしか出ていない。これは、一年戦争ものだ」

「こういうのも、まだ作られているじゃないですか」

「そう。俺たちオールドタイプにとっては大いなる救いだ。こういうケアがあれば、俺は、ガンダムファンの傍流と言われようが、新たなガンダムにとって邪魔なオールドファンと言われようがかまわない。俺は、新しいガンダムを無前提に批判しているわけじゃない。小学生にガンダム世界を勉強しろと言っても無理な話だ。また、俺みたいに、商品化された映像をすべて買っているやつなんて稀《まれ》だ。だから、かつてのガンダム史と関係のないガンダムができてもしかたのないことだと思っている。実際、ウイングは、キャラクターが美形で優雅だったので、女性ファンを多く獲得した。悪いことじゃない。まあ、『銀英伝』のノリだったがな……」

「ギンエイデンて何ですか?」

「『銀河英雄伝説』。田中芳樹《たなかよしき》の小説だが、後にアニメ化された」

「先生……」

慎治は、棚から取り出されて床に広げられたレーザーディスクを眺めて言った。「これ、見てもいいですか?」

「モデリングの資料だからな。見たほうがいい。まずは、初代ガンダムの劇場公開版三部作が基本だな」

「ここで見てもいいですか?　うちにレーザーディスクのデッキ、ないんです」

「まあ、いいだろう。どうせ、ここでプラモデル作りをやることになるんだ」

「先生、生徒にこういうの見られるの嫌だったんでしょう?」

「嫌だった」

「どうして僕に見せてくれたんですか?　僕がいじめにあっているからですか?」

「おまえがいじめにあっていようがどうしようが知ったこっちゃなかったさ。ただ、行きがかり上な……。問題は、おまえの万引きだ。俺がそこにいたことを、店長は知っている。そして、『サンセット』には、監視カメラがあって、おまえは、万引きの現場をビデオに撮られたんだ」

「え……」

慎治は、冷水を浴びせられたような気がした。後頭部から頭の芯にかけてが冷たくしびれていく。

「『サンセット』では、そのビデオを売り出すと言っている。見せしめのためだ。そうなると、こっちも何かと面倒なことに巻き込まれるんでな……。何とかしなきゃならんと思った。商品を持って謝りに行き、その場でそれを改めて買い取るのが筋だ。だが、そのビデオはおそらく、小乃木に渡しちまったんだろう？」

「はい……」

「俺が小乃木に返せと言うのは簡単だ。だが、そうなると、おまえは、また小乃木にいじめられるだろう。告げ口したと思われるだろうからな」

「そうです」

慎治は、恐怖と緊張のために気分が悪くなりそうだった。

「おまえは、自殺を考えているなどと言う。冗談じゃないよ。俺のクラスから自殺者なんかが出たらよけいに面倒なことになる。俺、そういう面倒なことが嫌いなんだ。だから、おまえと話し合うことにした。問題の解決の第一歩は、おまえが小乃木たちのいじめをはねのけることだが、どうもそれは簡単にはできないようだ」

「できません」

「あっさり言うなよ。それじゃ、俺が困るんだ」

「僕だって困ってるんですよ」

「おまえが、小乃木を怖がってこのままじっとしていたら、おまえの犯行現場のビデオが売り出されちまう。そうなれば、おまえはもっと困ることになる」

「どうすればいいんですか?」

「だから、俺はおまえの目先を変える手伝いをすることにした」

「目先を変える?」

「いじめにあうと、その世界がすべてのような気分になる。もう逃げ場がないと感じるようになるんだ。それが大きな問題なんだ。だから、別の世界もある、いつかは、いじめから解放されるということを思い出させなければならない。それで、俺の世界を見せてやることにした」

「すみません」

「謝ることはない」

古池は言った。「まあ、しょうがないよ。教師になっちまったんだからな……」

8

「おちこぼれ同士、気が合うってことかな……」

佐野秀一が、皮肉な口調で言った。すでに日が暮れていた。

「俺なんか、今日もクラブ活動さぼったのによ……」

武田勇が、露骨に不満そうな顔をした。佐野秀一が言う。

「ばーか。俺だって、塾さぼってんだ」

「三年に叱られちまう」

「おまえがレギュラーから外れたら、困るのは三年だろう？　小学校のときからサッカーやってんだから」

「俺以上のディフェンダーはいないよ」

「なら、好きに言わせておきゃいいじゃん」

「俺が言いたいのは、そういうことじゃねえ。渋沢のやつがむかつくんだよ。なんで、古池のやつといっしょに帰るんだ？　古池の家で何やってんだよ……」

将太は、ふたりの話をじっと聞いていた。彼らは、駅前のファーストフードの店で、ハンバーガーを食べていた。

三人は、慎治を待ち伏せしていた。教師に呼び出されたとしても一時間ほどで出てくるに違いないと考えたのだ。そのあと、またどこかで万引きをさせるつもりでいた。二度の成功に、彼らは味をしめていた。

慎治が嫌がったら嫌がったでいい。そうなれば、また、慎治を締め上げることができる。金を巻き上げるのはもう限界だと、将太は読んでいた。すでに、十万円以上の金を慎治から引き出していた。

万引きをさせるというのは、我ながらいい手だと思った。万が一捕まったとしても、万引きは、やった本人しか咎《とが》められない。現行犯だけが問題だからだ。友達に強要されたといっても、それは言いわけに過ぎず、やった本人が悪いということになる。

将太たちは、手を汚さずにすむのだ。将太自身、万引きをしたことがあった。たしかにそのスリルはたまらない。だが、もう自分でする気にはならなかった。小乃木将太は、優等生でなければならないのだ。万引きで捕まったりすれば、大人たちの期待を裏切ることになる。

中学の教師は、一流高校への進学率を上げたがっている。その期待にこたえてさえいれば、居心地のいい学校生活が保証されているのだ。

「なあ……」

佐野秀一が将太に言った。「渋沢のやつ、古池にチクったんじゃないのか？」

将太は、冷やかな眼で秀一を見た。秀一はとたんに居心地が悪そうな表情になった。

将太は、小さく鼻で笑った。

「チクったとしたって、それがどうしたというんだ」

「だってよ……。万引きやらせたことがばれたら……」

「どうってことないさ。しらばっくれれば済むことだ。捕まることはない」

「でも、学校で問題にならないか？」

「だから、渋沢が何言おうと知らないと言えばいいいいんだよ。誰も証拠を握っているわけじゃないんだ。渋沢の言うことを誰も本当だと思わなけりゃいいんだろう?」

「でも、気になるよな……」

佐野秀一が言う。「普段、あいつにどんなことしてるのか、古池のやつに知られちまうんじゃないのかな……」

将太は、面白そうに笑顔を浮かべた。

「普段、俺たちが渋沢に何しているって言うんだ?」

「え……」

秀一は、不安そうな顔になった。「いや、俺は別に……」

「おまえはどういうつもりか知らないが、俺は、友達のいない渋沢と遊んでやっているだけだぜ」

秀一は、思わず武田勇と顔を見合った。勇が言った。

「そうだよな……。あいつは、俺たちがいないと何もできないんだ……」

「そのとおりだ」

将太は薄笑いを浮かべたまま、言った。「俺たちは、渋沢の友達になろうとしているだけだ。時には悪ふざけもする。それを渋沢がどう思うかは知らない。だが、俺はあくまで、渋沢と友達付き合いしようとしているだけだ」

「俺だってそうだよ」

秀一があわてて言った。「そうさ。ただそれだけなんだ。それを、渋沢のやつ、古池なんかに……」

「待てよ」

将太が苦笑した。「まだ、渋沢が古池にチクったと決まったわけじゃない」

「そうに決まってるさ」

秀一が腹立たしげに言った。「あいつは、せっかく俺たちが友達になってやろうとしているのに、古池に悪口を言ったんだ」

「そうだよ、あの野郎」

勇も怒りを露わにした。「ふざけやがって……」

「そう言うな」

将太だけが余裕の態度だった。「古池に何言ったって関係ないさ。あの落ちこぼれ教師なんかに何もできやしない。何か問題が起きたら、正々堂々と言ってやればいい。俺たちは、渋沢と仲良くしようとしただけだってな。渋沢がそれを勘違いしただけなんだ」

「でも……」

秀一が言った。「頭に来ないか？　センコウにチクるなんて……」

「そうだな」

将太は考え込んだ。そして、またにやりと笑った。「渋沢には忠告してやらなければならないな……。あくまでも、友達としてな……。勘違いはいけない、と……」

「忠告か……」

秀一が意味ありげに笑った。

「そうだ」

将太がうなずくと、勇が言った。

「俺の忠告は、ちょっと手荒なんだけどいいかな……？」

勇も残忍な笑いを浮かべはじめた。その眼が異様な光り方をしている。彼は、暴力を想像して官能的な喜びを感じているのだ。将太は、肩をすくめると言った。

「構わないんじゃないのか？　忠告の仕方というのは人それぞれだ。ただ、問題は、本人のことを本当に思っているかどうかだ」

秀一は、笑いだした。

「そうだ。俺たちは、渋沢本人のことを思っているんだ。あいつ、あのままじゃ、ろくなことにならない。高校に入っても、パシリとかやらされるのがオチだ」

「おう。鍛えてやらないとな……」

勇が、眼を輝かせて言った。「あいつのためだ」

将太は、そんなふたりを見て、かすかに嘲るような笑いを浮かべていた。

慎治は、さっそく最初の劇場公開用『機動戦士ガンダム』を見せてもらった。

現在のアニメを見慣れている慎治の眼には、たしかに表現は荒かった。今では、キャラクターやメカにハイライトやシャドウが入っているのが当たり前だし、動きも滑らかだ。デッサンの狂いも少ない。

コンピュータの導入などで、動画の技術が格段に上がったのだ。分業もいっそう進み、例えばセル画の質も上がったし、仕上げの技術も向上した。昔のアニメが安っぽく見えるのはそのせいだ。

しかし、そのストーリーとキャラクターの魅力は、たちまち慎治を捉えてしまった。メカのデザインもたしかに稚拙だが、解釈がリアルなので、幼稚な感じがしない。

それは、脚本がしっかりしているせいだったが、もちろん、慎治にはそんなことは理解できていない。ただ、面白いと感じるだけだった。

あらかじめ古池から説明を聞いていたので、ストーリーを難なく追うことができた。二時間ばかりにまとめられていたが、あっという間に終わってしまったという感じだった。見終わるとすでに日が傾いていた。

「どうだった？」

古池が尋ねた。

「面白かったです」

「ガンダムのイメージが少しはつかめたか？」

「ロボットという感じがしませんでした。何というか……。うまく言えませんけど……。乗り物というか……」

「そう。モビルスーツという言葉は、それを端的に表している。つまり、あれは、ロボットではなく、あくまでスーツなんだ。戦闘服の延長なんだ。人間の力を増幅させるための装置だ。まあ、細かなことを言えば、モビルスーツは、駆動系と、作業系、そして推進系が合わさっている。通常、人間の操縦能力というのは、二つの系が限界だと言われている。クレーンやパワーショベルというのは、キャタピラで移動する駆動系と、作業系の二系統の操縦だけだ。飛行機は推進系だけ。戦闘機は、推進系と兵器を撃つ作業系の二通りだ。だが、モビルスーツは、マニピュレーターで銃を撃ったり格闘したりといった作業をし、地面を駆動し、飛行する。三つの操縦系が必要なのだ。これは、不合理だと言われる。だが、まあ、そのへんはお約束の世界だ。そのために、ロボット工学とコンピュータの発達があったということになっている。モビルスーツの動きは、ほとんどコンピュータによる自動の動きとされている。しかも、そのコンピュータは、学習機能があるということになっているんだ。戦えば戦うほど動きがよくなっていくんだ」

「何か、軍隊って感じがします」

「それじゃ、さっそく明日にでもプラモを買いに行くか……。明日は土曜日だ。明日の放課後、ここに来られるか?」

「はい……」

慎治は、何か言いたげに言葉を濁した。

「どうした。言いたいことがあるなら、はっきり言え。俺は、おまえら生徒の気持ちを推し量ってそれを言い当ててやる、などという面倒なことは大嫌いだ」

「明日は学校に行きたくないんです。学校に行くふりをして、ここでレーザーディスク見ていちゃだめですか?」

「かまわんさ。俺が言いだしたことだ」

「本気だったんですね……」

「当たり前だ」

「じゃあ、明日はここに来ます」

「鍵を渡しておかなけりゃならないな……。これを持っていけ」

古池は、ポケットからキーホルダーを取り出して鍵を外した。「俺は、取りあえずマスターキーを使う。明日にでも合鍵を作ってこなきゃな」

「すみません……」

「まったく……。よりによって、教え子に部屋の鍵を渡すはめになるとはな……。彼女がいたらたいへんんだ」

「いないんですか？」

「今はいない。だが、もうじきできるかもしれない。いつまでも、この部屋に出入りできるわけじゃないぞ」

「わかっています」

「さあ、家の人が心配するといけない。もう帰ったほうがいい」

「はい……。あの……」

「何だ？」

「ビデオ屋のことですけど……」

「ああ」

「明日、行って謝れば、許してもらえるんじゃないですか？」

「おまえ、行く気あるのか？」

「ビデオのお金もなんとかします。五千円くらいでしょう……」

「そうか……。それが一番いいかもしれない。俺もいっしょに行こう。その場に居合わせたのだから、知らんぷりもできない」

「すみません」

「仕方がないよ。さあ、早く帰れ」

「はい。さようなら……」

慎治は、頭を下げて部屋を出た。

さようなら、という言葉が随分間抜けな感じがした。またへまをやったという思いで、頬が熱くなった。

失礼します、とか、お邪魔しました、とか気のきいた言葉が言えなかったのが恥ずかしいのだ。さようならじゃ、小学生だ。

慎治は、恥ずかしさに身悶《みもだ》えする思いで家への道を急いだ。


「とんだ時間を取られちまったな……」

古池は、レーザーディスクを棚にしまいながら、ひとり言をつぶやいた。時計を見ると六時半だった。職員会議で配付された細々とした注意事項のプリントを奥の部屋の机の上に放り出した。

彼は、生徒指導という名目で、終業時間まえに帰宅してきた。学校を出たのが三時半だった。直帰という扱いになっているはずだ。学年主任や教頭たちはあまりいい顔をしないだろう。

まあ、いいさ、と古池は思った。

学校の信用がないのは今に始まったことではない。

まだ腹が減っていなかった。夕食は、近くのラーメン屋かそば屋、とんかつ屋などで済ませることが多かった。自炊はあまりやらない。

古池は、作業台のところに行き、作りかけの『陸戦型ガンダムRX79G』の部品を眺めた。昨日ポリパテを盛った胸の部分を手に取る。ポリパテはすでに固まっていた。

デザインナイフを取り、少しずつ削っていく。ポリパテは固まると、石膏《せっこう》を削るような感じがする。ナイフの刃先に細かな粒子を感じるのだ。

モデラーは、この硬化したポリパテを削るときの感覚をよく「サクサク」と表現する。

古池はたちまち集中した。他のことをすべて忘れることができた。神経がデザインナイフの刃先に集中している。

スケールの感覚が変わり、一ミリが大きく感じられてくる。実際、これくらい小さな模型になると一ミリの誤差というのは致命的なくらいに大きいのだ。

デザインナイフは、切っ先がすぐに欠けてしまう。もともと、ペーパーを切り抜くための繊細なナイフなので、レジンや硬化したパテを削ることに耐えられないのだ。

モデラーの中には、カッターを使う者が多い。切れなくなったら、すぐに刃を折って使えるからだ。だが、古池は、デザインナイフを主に愛用していた。

その理由のひとつは、古池が作るものが、小スケールであることだ。二百二十分の一というスケールでは、ガンダムは、全長九センチ足らずになってしまうのだ。

そのスケールでディテールを彫るには、カッターナイフよりデザインナイフのほうがいい。

刃先が折れるのはしかたがないが、むしろ、刃先が折れたデザインナイフのほうが使い勝手がいい場合がある。細い筋彫りを彫るのに便利なのだ。また、先が折れたくらいでは、掘削《くっさく》するのにあまり支障はない。

もちろん、刃はまめに取り替えるようにしている。切れない刃物は、能率を悪くするだけでなく危険だ。余計な力を必要とするので、誤って手を切ったりすることが多くなるからだ。

ポリパテは軟らかいので、ついつい削りすぎてしまう。古池は、慎重すぎるほど慎重に少しずつ削っていった。

固まりから形を出すときは、丁寧にスケールで線を引いてやらなくてはならない。山勘で削りだすと、必ず形が歪んでしまう。モデラーたちは、あらかじめ線を引いておくことを「アタリをつける」と言う。

古池も丁寧にアタリをつけながら、作業を進めていた。削っては、スケールをあてて極細の油性マジックで線を引く。一見、煩雑な手間だが、この作業が、より面倒な作業を省いてくれるのだ。不正確な形になると修正がひどく面倒になるからだ。

だが、ポリパテで改修をする段になると、アタリは殆《ほとん》ど必要なくなる。すでにおおまかな寸法は出ているからだ。今、古池がやっているのも、胸の中央部の高さだけを増やそうという改修だ。

削りだすときは、一度に大きく刃を入れてはいけない。あくまでも、少しずつ削るのがコツだ。ナイフで形を出すと、耐水ペーパーとモデラーたちが呼ぶ黒い紙ヤスリをかける。水をつけながら磨くことが多いので耐水性の糊《のり》で研磨剤を固定してあるのだ。

仕上げには一〇〇〇番から二〇〇〇番の目の細かいものを使うが、こうして形を出すときには五〇〇番くらいの荒目のものを使う。このペーパーがけにも細心の注意が必要だ。角のラインを削ってしまわないようにしなければならない。この角のラインのことをエッジと呼ぶが、エッジがシャープに立っているかどうかが、模型の仕上がりのひとつの判断基準になる。

達人モデラーが作った模型のエッジは、実に鋭くて美しい。特に、キャラクターのメカものと呼ばれているガンダムなどは、エッジが命とまで言われているのだ。

そのためには、指でペーパーをかけないことだ。面倒でも耐水ペーパーの裏に平らなプラ板などを張り、平面にしておく。

指を使ってペーパーをかけると、エッジは丸くなり、平面がうまく出せないのだ。

少しずつ、本当に少しずつペーパーをかける。耐水ペーパーに水をつけて形を整えつつ表面を滑らかにする。徐々にそれらしい形が出てくる。

古池の指は正確に動いた。素早く動かす必要はない。丁寧に動かすことが必要なのだ。

だから、集中していないときは必ず部品の形に狂いが出る。

ようやく満足できる形が出た。

おおまかな部品は揃いつつあるが、面倒なのは、小さな付属品などだ。肩や腰の回りのアーマー（装甲）は、プラ板を切り出して作るだけなのだが、そういうものを全部後回しにしておくと、しまいにはつまらない作業が延々と続くことになる。

こういう部品は、パテが固まるのを待つ間などにさっさと作ってしまうに限る。

古池は、プラ板とスケールを取り出し、腰回りのアーマーを作ることにした。プラ板に線を引き、Pカッターで切り出し、それをデザインカッターや耐水ペーパーで仕上げるだけだ。

腰脇のアーマーには、何か箱のようなものが付いているので、この部分は、プラ板を何層か重ねて作ることにする。いずれにしろミリ単位の作業だ。

古池は、すっかり時間が経つのを忘れていた。

9

「三日間で七件……」

ビデオショップ『サンセット』の店長、松井隆はつぶやいていた。店に監視カメラを取り付けてから三日間で、七件もの万引きの現場をビデオに収録することができたのだ。

これは延べ件数だった。同一人物が二度商品を盗む場面も写っている。この三日間は、二十五日を挟んでいる。毎月二十五日には、多くの新しいビデオが発売される。

客も殺到するので、店の中は混雑する。その混雑に紛れて万引きが行われることが多いのだ。混雑していると当然出入りする客も多い。複数の客が同時に店を出る際に警報が鳴っても、どの客が万引き犯なのか特定することはできない。

そうした場合、『サンセット』では、その複数の客すべてを足止めして調べることにしているが、混雑しているときはそうもいかない。たいてい、レジは混んでいるし、人手が足りなくなっているからだ。

『サンセット』が狙われやすいのは、人手が慢性的に不足しているということが口コミで広がっているせいであることを松井は知っていた。しかし、急に人手を増やすわけにはいかない。人件費がばかにならない。毎月の万引きの被害額と人ひとり雇う金額を秤《はかり》にかけたら、やはり被害額のほうがはるかに少ないのだ。

松井は、モニターを見て言った。

「さっそく、こいつからマスターを起こそう」

モニターを操作していた従業員の山下がこたえた。

「どういうマスターを作ります？　七件全部を一本にまとめますか？　そうすると二十分

ほどのマスターになりますよ」

「いわき市のケースじゃ、まず、ひとりの犯行現場を収録して売り出したんだったな」

「ええ。法的な問題が起きたときのことを考えたのでしょう。一度に何人もの犯人が写っているビデオを発売して、万が一、人権問題になり、裁判でも起こされたら……。へたをすると莫大な賠償金を取られますからね……」

「うちも、ひとりずつにするしかないというわけか……?」

「そうするべきでしょうね。犯人全部を収録したものを発売するとなると、当然それだけ問題が大きくなります」

「だが、人権の問題というのは、数の問題なのか?」

「いや、そうじゃないでしょうけど……」

「ならば、俺は、七件全部をまとめたビデオを発売するべきだと思う。たった三日間にこれだけの被害があったということもアピールしたい」

「しかし……」

「俺は腹に据えかねているんだよ。もう、我慢できない」

「そりゃ、僕もそうですがね……。いわきの例だと、法務局も動いているわけだし」

「だが、強制的な処分をされたわけじゃない」

「それはそうですが……」

山下は、および腰だった。

いざとなると問題になるのが恐ろしい。だが、松井はあくまでも強気だった。被害者は自分のほうだという信念がある。

万引きに対する憎しみが従業員たちに比べて強い。彼はあきらめる気にはなれないのだ。泣き寝入りするのは真っ平だった。

「俺だって何も無茶なことをやろうとしているわけじゃない。いいか。マスターを二本用意して、片方の顔にモザイクをかけるんだ。それで、警告を発する。ビデオを見て素直に謝りに来なければ、次はモザイクを外したビデオを発売する、と……」

「実際はどうするのです?」

「売り出してみてから考えるさ。犯人たちの反応も見てみたい」

「いくらモザイクをかけたって、服装や体の恰好《かっこう》から人物が特定できてしまう場合がありますよ」

「そこが狙いさ」

「狙い……?」

「モザイクも最小限におさえる。俺は、本当なら、顔もばっちり写っているのを最初から発売したいんだ。だが、そうすると、人権がどうのとうるさい問題が起きる。おまえはそれを心配しているんだろう?　ならば、抜け道を用意しておかなければならない。俺たちは顔にモザイクをかけたということで人権問題を考慮したことになる。だが、実際は、親しい人間が見れば、犯人が誰かわかるようなビデオを発売するわけだ。もちろん、本人には、写っているのが自分だとわかるだろう。プレッシャーをかけてやるんだ」

「なるほど……」

「マスターを作るのに、どれくらいかかるかな」

「問題はモザイクですね。専用の機械が必要だし、技術もいる。業者に頼むのが一番でしょう。ま、余裕を見て、一週間というところですか」

「わかった。俺が心当たりを当たってみよう。まず、マスターを作るんだ。それをチェックしたら、ダビングをする」

「何本くらい作るつもりです？」

「いわきでは三十本用意して、一日で二十本も売れたそうだ。どうせなら、五十本ほど用意しようか……」

松井は、何人かのビデオプロダクションに勤める人間を知っていた。商売仲間には裏ビデオを扱っている業者もいる。そうした業者から紹介されたことがある。

危険な筋の人間もいたが、そうでない男もいた。そのうちの誰かにマスタリングを頼むつもりだった。松井は、すぐさま電話をかけ、引き受けてくれる業者を見つけた。店は、土曜日で混み合っている。もし、手があく時間ができたら、万引きが写っているビデオを持ってすぐに出掛けることにした。

慎治は、朝から古池の部屋でレーザーディスクを見ていた。たちまちのうちに、劇場公開用の『機動戦士ガンダム』三部作を見おわった。

第二部は『哀・戦士編』、第三部は『めぐりあい宇宙《そら》編』というサブタイトルが付いている。

続いて、彼は、比較的枚数が少ない『0080・ポケットの中の戦争』を見はじめた。全六巻だ。このOVAが、一年戦争のサイドストーリーであることを、慎治はすでに知っていた。

慎治は、一気にその世界に引き込まれていった。あらかじめ古池の説明を聞いていたのがよかった。違和感なく、その世界に入り込めた。

古池が帰ってきたのは午後二時ころだった。土曜日なのでこの時間に帰ってこられたのだ。

「ずっとレーザーディスクを見ていたのか？」

「はい」

古池は、どうだったとも尋ねなかった。

慎治がガンダムをどう思っていようが、まったく関心がないという態度だった。

慎治のほうからおずおずと言った。

「あの……。面白かったです」

「何を見た？」

「一年戦争の三部作と、0080です」

「0080か……。いい選択だ」

「枚数が少なかったですし……」

「まあ、そんな理由だろうな」

「でも、感激しました」

「さて、プラモ、買いに行くか」

「はい」

「その前に、『サンセット』に寄っていかなけりゃならないな」

「はい……」

「まあ、警察に突き出されるようなことはない。心配するな。謝れば、向こうだって事を荒立てるようなことはないさ」

「はい……」

「さ、出掛けるぞ」

「あの……。小乃木くんたちはどんな様子でした？」

「さあな。いつもと変わらないように見えたがな……」

「僕が休んだんで、きっといらいらしていると思います」

「そうだろうな……。昨日の分もおまえをいじめようと思っていたに違いないだろうからな」

「どこかで待ち伏せをしているかもしれません」

「俺といっしょのときに、何か仕掛けてきはしないだろう」

「そうですね……」

「さあ、行くぞ。さっさとしないと、プラモデルを作る時間がなくなっちまう」

「はい」

ふたりは、古池のアパートを出た。


「どうして休んだんだと思う?」

佐野秀一が、甘いマスクを曇らせて、小乃木将太に尋ねた。そのそばには、やはり難しい顔をした武田勇が立っている。

放課後だった。

掃除当番の女生徒が、三人ほど集まって小乃木たちのほうを見て、何事かうれしそうに話し合っている。

小乃木たち三人グループは、女子の憧れの的なのだ。

「風邪でもひいたんだろう」

小乃木将太が、関心なさを装うように言った。彼は、佐野秀一の態度が鬱陶《うっとう》しかった。

秀一は、ことさらに事を重大に考えようとしているように見える。

(もっと、落ち着いて構えていられないのかな……)

将太はそう思っていた。

このふたりは、俺を頼りにしすぎる。もう少し、自分で物事を考えてもらわないと、かなわない。

彼はそんなことを考えていた。


「店長は出掛けていますが……」

山下が古池に告げた。山下は、古池とは顔見知りで親しげな笑顔を見せている。

「そうか……」

慎治は、古池の顔を見つめていた。身長が低いので見上げるような恰好になる。古池はどうしたらいいか考えているようだった。

ふと慎治のほうを見てから、山下に言った。

「実はな……。ちょっと込み入った話なんだが……」

「込み入った話……？」

古池は、周囲を見回した。山下は、その仕草で気づいた。レジの周りには人がたくさんいる。古池は人に聞かれたくない話をしたいのだ。

山下は、レジから出てきた。

「どうぞ、こちらへ……」

古池たちは、人の少ない店のすみに移動した。慎治も無言でついていった。

「どんな話です」

「万引きの件だ」

古池は単刀直入に言った。彼は、もって回った言い方ができない性格だった。

「万引き……」

「この生徒が万引きをした」

山下が慎治のほうを見た。慎治が小さな声で言った。

「『新世紀エヴァンゲリオン』の最新巻を盗《と》りました……」

山下は、あらためて古池を見た。古池は言った。

「こいつは、クラスの人間からいじめにあっているらしくてな……。そのいじめをやってる連中に強要されたらしい。万引きをしたくてしたわけじゃない」

「しかしね……」

山下は、言った。「万引きは万引きですからね……」

彼らは、万引き犯を憎みきっている。ビデオショップやアニメ関連雑貨の店、あるいは、コミック専門の書店といったところでは、特に少年少女の万引きが多い。そうした店の従業員の中には、万引き犯に人権などないとはっきり言い切る者もいる。

山下も同じような気持ちのはずだった。彼は、万引き犯というだけで慎治に憎しみを覚えているのだ。

「わかっている」

古池は言った。「こいつも悪いことだということは充分に承知している。だが、いじめというのは、俺たちが想像する以上に子供を追い詰めるものだ。こいつにはほかに選択肢が無かった。やむにやまれずやったことだ。この店に謝りに来たいと言いだしたのはこいつなんだ。金も用意してきたらしい」

「金を用意できるなら、最初から買えばいいいんですよ」

「そのときは用意できなかったんだ」

山下は、古池と慎治を交互に見た。彼は、困惑の表情になり、やがて、ため息をついた。

「わかりました。私たちも、無闇に事を荒立てるつもりはありません。誠意を示してもらえるのなら、この件はなかったことにしましょう」

古池は、慎治を見た。

「さあ、謝るんだ」

慎治はぺこりと頭を下げた。

「すみませんでした」

山下は、煮え切らぬ表情でうなずいた。古池が尋ねる。

「ビデオはいくらだね？」

「五千八百円です」

古池は慎治を見た。慎治は、うろたえているようだった。

「どうした？」

「あの……。お金、足りないんです……。五千円しかなくて……」

「しょうがねえな……」

古池は、財布から千円札を出した。慎治から千円札を五枚受け取り、それに自分の千円を足して店員に渡した。

山下はそれを受け取った。

「待ってください。お釣りを持ってきますから……」

「釣りはいいよ」

「そうはいきません」

山下はレジに行き、律儀《りちぎ》に二百円を持って戻ってきた。

「万引きの様子をビデオに撮っているそうだな……」

古池は二百円を受け取ると、山下に言った。

「ええ。防犯のために……」

「そのビデオを店頭で売ると聞いたが」

山下はどうこたえようか迷っている様子だった。だが、やがて彼は言った。

「店長から聞いたんですね？　まあ、古池さんになら話してもいいでしょう。この三日で七件の万引きがありました。それを発売する予定です」

「その中に、こいつが写っているはずだ」

「そうかもしれません」

「こいつのことはなしにしてくれるとあんたは言った。こいつが写っているところはカットしてもらえるな？」

「店長に話してみますよ」

「話してみるじゃ困るんだ」

「古池さん。万引きをしたのはそちらなんですよ。強く出られる立場じゃないでしょう。店長には話してみます。私にはそれ以上は言えない」

間を置いて山下は言った。「まあ、こうして名乗り出てくれたわけですから、店長も悪いようにはしないはずです」

古池はうなずいた。このあたりで納得するしかないようだと彼は考えたようだ。

「では、くれぐれも松井さんによろしく伝えてくれ」

古池は、慎治を連れて店を出た。

慎治は、言った。

「お金、足りなくて、すみません……。あんなにすると思わなかったんです」

「定価を見なかったのか？」

「見ませんでした……。見るのが嫌だったんです」

「まあいい……」

「あの……。僕、もうお金ないんです。プラモも買えません」

古池は、小さくため息をついた。いつしかそれが癖になっているようだった。

「しょうがないな……。まあ、プラモを作ってみるかと言いだしたのは俺だ。俺が金を出してやるよ」

「本当ですか？」

「ガレージキットと違ってプラモはそんなに高いもんじゃない。その代わり、途中で投げ出したりするな」

「だいじょうぶです。プラモデルは前に作ったことがあります」

「接着剤でくっつけて組み上げただけだろう？」

「設計図どおりに作りましたよ」

「そこが違うんだよ」

「違う……？」

「それでは、モデラーが作った作品とは言えない。プラモデルはあくまでも素材だ。その素材をどれだけ自分のイメージに近づけられるかが勝負だ。モデル雑誌のライターは、いろいろな分野の勉強をする。アニメのモビルスーツも兵器だ。だから、実在する兵器のディテールなどを勉強して、そのイメージをモビルスーツに盛り込んだりする。大切なのはイメージだ。モデラーたちは、戦車や戦闘機のディテールを観察し、その味を自分の作品に出そうとする」

「どうやっていいかわかりません」

「教えてやるよ」

「できるかな……」

「だから言ったんだ。途中で投げ出すなって……。俺は、強制しているわけじゃない。嫌なら止めていいんだ」

「嫌じゃありません。やってみたいです」

「なら、吉祥寺《きちじょうじ》まで行くぞ」

「駅前にもプラモを売っている店はありますよ」

「いいから黙ってついてこいよ。駅前の玩具屋とは別の世界を見せてやるよ」

10

その店の前に立ったとたん、慎治は圧倒された。

得体の知れないエネルギーが店先に満ちているような気がした。その強い磁場のようなものに包まれ、興奮せずにはいられなかった。ショーウインドウには、さまざまな模型の完成品が陳列されている。どれも、素晴らしい出来ばえであることは慎治にもわかった。

戦車は、まるで本物のように重厚な感じだった。今にも音を立てて動きだしそうだ。その戦車は、本物の地面のような土台の上に置かれ、周りには、さまざまなポーズを取る兵士たちがいた。戦車についた泥も実にそれらしかったし、兵士たちはそれぞれちゃんと目的を持って動いているように見える。

慎治は、その戦車の前に釘付けになった。古池が言った。

「ジオラマが気に入ったようだな」

「ジオラマ……？」

「模型を背景の中に置いたものをそう呼ぶ。ジオラマは、特に戦車を作る人たちが好んで作る。小さな空間にひとつの世界を完全に作り上げなければならない。ストーリー性が大切になってくる。だから、戦車を作る人々は、第二次大戦のエピソードをたくさん知らなければならないんだ」

「へえ……」

「アニメのキャラクターものを作る人も、比較的ジオラマが好きだな。名場面を再現しようと考えるからだ」

「難しそうですね……」

「ジオラマはテクニックというよりセンスだな。テクニックそのものは、鉄道模型などで蓄積されている。専用の材料も豊富だからそれほど苦労することはない。大切なのは、そのテクニックを使って何を作るかなんだ」

慎治は、続いて航空機のモデルを見ていった。

いずれもシャープな仕上がりだ。第二次大戦の戦闘機などは、ところどころ塗装が剝げて下地の金属が見えているような仕上げをされている。

「これ、どうやってやるんですか？」

慎治は、その塗装が剝げている戦闘機を指さして尋ねた。

「いろいろなやり方があるが、これは比較的簡単なテクニックだな……。全体を塗ってから、フラットアルミか何かを筆でちょんちょんと塗ってやるんだ。そうすると、あたかも塗装が剝げて金属部分が露出しているように見えるんだ。ウェザリング……、つまり汚しのテクニックも勉強しなければならない」

最後に見たのは本命だった。いろいろなキャラクターモデルが立っている。大きさはまちまちだが、どれも美しい仕上がりだった。一言で言えば、塗装がすっきりしている。ムラがまったくない。遠く離れて見ても、近づいて見ても美しい。

細かな部分までちゃんと彩色されているし、その色がいかにもリアルな感じがした。オモチャっぽい感じがしない。戦車や航空機モデルと同じような質感を感じさせるのだった。

「これがプロの仕上げだよ」

古池が言った。「悔しいが、俺もこれほどの腕はない……」

「先生が作ったのもきれいですよ」

そうは言ってみたが、慎治にもその差はわかった。

「お世辞はいい。さ、中に入るぞ」

店内はさらに独特の雰囲気で満たされている。それは、慎治にとっては魅力的な雰囲気だった。

さまざまなコーナーに分かれており、棚にぎっしりと商品が並べられている。プラモデルが多いが、それとは違った比較的粗末な箱に入った商品がある。慎治は、それらがガレージキットなのだと思った。

ガレージキットは、鍵がかかったガラスの奥に並んでいる。その棚には、やはり、完成品のモデルが置かれていた。

ひとつの模型が慎治に衝撃を与えた。それは、高さ五十センチもあるガンダムだった。ショーケースの中に堂々と立っている。その姿は威圧的でさえあった。

肩や腰アーマー、膝などの部分のハッチが開いており、中のメカが一部見えている。胸のダクトに付いている三枚のフィンまでが薄板で作られていた。指の一本一本までが可動するように作られている。その指も実に細かく作り込まれていた。

足首には、動力シリンダーまでがちゃんと見えている。楯《たて》の裏側には、予備のビームサーベルとライフルのエネルギーパックが二個ずつ付いていた。

慎治は不思議な感覚を覚えた。

これは本物のガンダムだ。そんな感じがしたのだ。

それは、理論的にはおかしい。本物のガンダムなど存在しないのだ。だが、たしかにそう感じさせるディテールを持っている。各所に実在する兵器や機械の形を盛り込んでいるからそう感じるのかもしれない。

だが、そのとき慎治は、このガンダムは本物をそのままスケールダウンしたものであり、アニメで見たのは、その本物のガンダムをデフォルメしたものに過ぎないという奇妙な感覚に陥ったのだ。

「これ、すごいですね……」

慎治は、五十センチのガンダムに見とれてつぶやくように言った。

「放映十五周年記念で作られたガレージキットだ。完全注文生産だったな。九万八千円という値段だから、俺も手が出なかったよ。ただ、モデラーには多大な影響を与えた。イマジネーションを刺激されたね。見ろ。すべてのラインが兵器など工業製品であることを前提として作られている。つまり、実際に動くことを想定してメカニズムを再現してあるんだ。関節やダクト、装甲の継ぎ目……。すべてが実際の機械を作るのと同じコンセプトで作られている。ここにｖｅｒ．Ｋａ．と書いてあるだろう」

古池は、そのガンダムの下にある札を指さして言った。「これは、カトキ・バージョン……、つまり、カトキハジメがアレンジしたという意味だ。カトキハジメというデザイナーは、ガンダム世界をあっという間に塗り替えてしまった。アニメ・ロボットでしかなかったガンダムたちを、リアルなマシンとしてリファインしたんだ。だから、このガンダムも、初期の設定よりずっとがっしりしたフォルムになっていて、すべての部品が理に適った形に作り直されている。それでいて、初期のガンダムのイメージをひとつも損ねていない。実に素晴らしい仕事だよ」

「へえ……」

「例えば、背中のバックパックについているバーニアは、実際にアメリカのスペースシャトルなどに付いているバーニアと同じような色形をしている。それだけでリアルさがぐっと増すんだ」

「そうですね……」

「そのガンダムをよく見ておくんだ。今後の参考になる。それは、十五年にわたるガンダムモデラーたちのひとつの到達点だからな」

「はい……」

棚には、小スケールのモデルも並んでいた。古池が作っている二百二十分の一のガレージキットも並んでいる。ガンダムなどのモビルスーツは、だいたい十八メートルほどの大きさという設定だから、二百二十分の一というと八センチほどになる。

五十センチのガンダムと比べるとひどく小さく感じるが、近づいてみると、スケールの小ささを感じさせなかった。それは、仕上げが丁寧だからだと慎治は思った。

小さなものほど凹《へこ》みや欠け、形の歪みが目立つものだが、そこに並んでいるモデルは、どんな小さな部分も丁寧に仕上げられていた。面や線が実にシャープだ。

さらに塗装がきれいなために、スケールの小ささを感じさせない存在感があるのだ。どんな小さな部分もちゃんと色分けされている。はみ出しも最小限に抑えられている。

「きれいに塗ってありますね……」

「ああ。エアブラシじゃないと、こういう仕上げは難しいな」

「エアブラシ……？」

「塗料をスプレーみたいに吹きつける機械だ。うちにあるから使い方を教えてやるよ。小スケールのモデルは、筆塗りで充分だというモデラーもいるが、小スケールだからこそエアブラシが必要な場合がある。エアブラシで塗ると、塗料の皮膜が薄いのでこういうふうにすっきりと塗り上がる。まあ、筆には筆の良さもあるがね……」

「そうなんですか？」

「こっちへ来てみろ」

古池は、ショーケースの前を移動した。そこには、ちょっと雰囲気の違うモビルスーツたちが並んでいる。ディテールは素晴らしい。細かなメカも再現されている。なのに、どこか全体に有機的な感じがする。

映画のエイリアンに近いものがある。多くのメカが曲線で構成されているせいかもしれなかった。たしかに、それらは独特の雰囲気を持っている。

塗装の色は暗めだ。

その脇のガンダムが、白と鮮やかなブルー、赤などの色を使っているのに対して、こちらは、カーキ色であったり、オリーブ色であったり、暗いグレーであったりする。質感も全く違う。金属が剝《む》き出しの感じだ。

デザインもどこか不気味なイメージがある。塗装もすっきりと塗るという感じではない。だが、それはそれでたいへん魅力的だった。汚しが見事なのだ。

「これは何ですか?」

「近藤和久《こんどうかずひさ》というデザイナーのシリーズだ。カトキハジメとはまた違った個性がある。バンダイの『Bクラブ』という雑誌で、『マシーン・ロック・G』という劇画が連載されていた。このシリーズ中には、その劇画に登場するメカもある。近藤和久が、『Zガンダム』などガンダムのシリーズを基本に作りだしたオリジナルのモビルスーツたちだ。『コトブキヤ』というメーカーがガレージキットにした。近藤和久のメカの特徴は、徹底的に軍用メカの臭いを追求しているという点だ。無駄な装飾はない。余計な装甲はわざと作らない。その部分は内部のメカが剥き出しになったりしている。その徹底的に合理性だけを追求した機能美に、どことなくグロテスクとも言える独特の味わいがある。兵器の持つ恐ろしいイメージをよく表現している。こうしたメカには、スプレーやエアブラシより筆塗りがよく合うんだ。筆で絵を描くように塗っていく。汚しもどんどん入れる。雰囲気を最も大切にするんだ。カトキハジメのデザインはすっきりとした商用航空機のイメージがある。一方、近藤メカには軍用機や戦車のイメージがある。横山宏《よこやまひろし》や小林誠《こばやしまこと》というデザイナー兼イラストレーター兼モデラーがいるが、彼らも、こうした筆塗りの汚しのテクニックが抜群だ。彼らは、やはり、第二次大戦などのモデルでテクニックや知識を蓄積したんだ」

「へえ……。これもいいですね」

「カトキ版ガンダム同様、近藤版ガンダムというのも発売されたことがある。『御意見無用ファクトリー』という造形集団が原型を作り、『コトブキヤ』が発売した。いつの間にか絶版になったが、あれも味わいのあるガンダムだった」

「近藤版ガンダム……」

「よく見ておくといい。そして、興味のあるテクニックはどんどん吸収するんだ。人真似をしているうちに初めて自分のものが見えてくるんだ。さあ、目的のキットを買おうか」

古池は、カウンターに近づいた。

「プラモデルはあっちにありますよ」

「いいから、ついてくるんだ」

古池は、レジカウンターにいるアルバイトらしい若者に言った。

「里見《さとみ》さんはいるかい?」

「はい……。少々お待ちを……」

しばらく待つと、迷彩のTシャツを着た男が奥から姿を見せた。Tシャツと同じ迷彩柄のバンダナを鉢巻きのように頭に巻いている。

「よう。古池さんか……」

里見と呼ばれた男は、よく日に焼けていた。口髭《くちひげ》を生《は》やし、目尻に笑《わら》い皺《じわ》が目立つ。人懐っこい笑顔だった。

「ガンプラを買いにきた」

古池は、挨拶もせずにそう言った。

「ガンプラ……。珍しいな。あんた、フルスクラッチ専門かと思っていた。……ははあ、マスターグレードだな……。あいつの完成度の高さについ買ってみる気になったというわけだ」

「外れだ。昔のガンダムがいい。そうだな。百分の一が作りやすいだろう」

里見が古池の横にいる慎治を見た。慎治は、ぺこりと頭を下げた。

「そうか。その子が作るのか。あんたの弟子ってわけか？」

「まあな。ちょっと訳があってな」

「教え子かい？」

「そうだよ」

「へえ……。あんた、教え子が嫌いだったんじゃないのか？」

「嫌いだよ」

古池はあっさり言った。慎治は何だか居心地が悪くなった。「だが、生徒個人が嫌いなわけじゃない。教師と教え子という関係が嫌いなだけだ。話が合えば、相手は教え子だろうが何だろうが関係ない」

慎治は、こうした古池の物言いにまたしても驚いた。こういう言い方をする大人は初めてだった。どんな大人も、自分たちに何かを命令するか説教をするかだと思っていた。

だが、古池は違う。彼は何も命令をしない。その代わりに、慎治に大人並の理解力を求めるのだ。そして、自分で判断させようとする。

慎治は不思議と悪い気分ではなかった。その突き放された感じがなぜか少しばかり心地よかった。一人前の大人扱いされているような気分になるからかもしれなかった。

「どんなガンプラがいいんだ？　最近では、ウイングのシリーズが出ている。Xももうじき出るが……」

「接着剤のいらない色プラか？　関節がポリキャップで動く……？」

「よくできてるぜ。気に入らなければ改造すればいい」

「ウイングなんて改造する気にもなれない。Gガンからこっちのテレビシリーズになんて興味は持てないよ。なんせ、『サンライズ』が玩具メーカーに吸収されちまって、オモチャ屋のしもべに成り下がってるんだから」

「たしかにひでえもんだ。模型屋の俺が言うのも何だが、模型マニアをばかにしてるよな。特に俺は、第二次大戦派だったから、よけいにそう感じる。兵器の臭いのしないモビルスーツにゃ興味は持てない。だが、売り上げを考えれば仕方がないんだよ。プラモを買う大人は限られている。しかも、ガンダムときた日にゃ、買っていくのは特別の大人だからな……」

「わかってる」

「だが、心配すんなよ。俺たちの欲求はガレージキットとOVAで満足させればいいんだ。テレビなんてガキにくれてやればいいんだ。ガレージキットはたいてい一万円くらいする。OVAも高価だ。ガキには手が出せないよ。モデラーはその辺で溜飲《りゅういん》を下げるしかない」

「そうだな」

「Gガンやウイングじゃないとしたら、どのあたりだ？　Vガンならいいだろう。あれもカトキ・ガンダムだ。きれいな機体だよ」

「ああ。たしかにVガンは名機だ。あの機能美は抜群だ。だが、今回はVガンでもない。初代ガンダムだ」

「初代……？　マスターグレードでなく？」

「そうだ」

慎治は、思わず尋ねた。

「マスターグレードって何ですか？」

里見が笑顔でこたえた。気分を和ませる笑顔だった。

「最近発売されたプラモデルのシリーズでね。初代ガンダム、ザク、Zガンダムの三機が発売されている。徹底的にクオリティーにこだわった商品なんだ。ガレージキット、知ってるか？」

「はい」

「ガレージキットのディテールとプロポーションをプラモデルに盛り込んだ商品と言えばいいかな……。かなりレベルの高いモデラーも思わず唸《うな》ったよ……。初代RX78が、二千五百円と少々高めだが、その価値は充分にあるね」

「へえ……」

「俺は、モデリングを一から教えるつもりだ。だから、改造のしやすい初代のガンプラがいい」

「だって、当時のガンダムは品薄で、プレミアムが付いているんだぜ」

「だから、あんたを呼び出したんだ。ストックがあるんだろう？　百分の一だ」

「古池さんにはかなわないな……」

「いくらで売る？」

「ここは、モデルショップですよ。定価で売らないわけにはいかんよ」

「たしか、七百円だったな」

「そうだ。ちぇ……。しかるべきところに持ち込めば、へたすりゃ十倍にはなるのに……」

「せこいことを言うなよ」

　里見は、一度奥へひっ込み、プラモデルの箱を持ってきた。OVAのジャケットなど最近のイラストを見慣れてしまった慎治の眼には、その箱絵がいかにもマンガっぽく見えた。

「ところでね、やっぱり、ゼロハチはおかしいよ、歴史的に……」

「なんで」

「シロウ・アマダが隊長に就任するために地球へ降下するシャトルの中で、ギレン・ザビの演説を聞くわけだろう。あの演説は、ホワイトベースがジャブローに着く前だ。まだ、ジムがようやく量産されはじめた頃だ。ジャブローで量産されているジムを見てシャアが『連邦もここまで来たか』と言う。なのにゼロハチではあんなにガンダムが量産されている。そんなはずないだろう。それに、あのサンダース軍曹の一言だ。『ジムとは大違いだ』――これ、変だよ。歴史的に……。まだ、ジムの量産体制が整う前のはずだ」

慎治には何のことかわからなかった。まだ『08小隊』は見ていない。

古池は、余裕を持ってこたえた。

「あのギレン・ザビの演説は、録画だったんだよ」

古池は、ガンプラを手に出口に向かった。里見は、ぽかんとした顔で古池を眺め、その後ろ姿を見ながらつぶやいた。

「録画だと……。嘘つけ」

慎治は、ふたりの姿を見て、半ばあきれ、半ば感動していた。

11

松井が『サンセット』に戻ってくると、山下が呼び止めた。

「古池さんが来ました」

古池が店に来るのは珍しいことではない。わざわざそれを報告するからには、何かあったのだろうと松井は考えた。相手の説明を待った。

「万引きの件で」

「万引き……」

店先では話しにくい話題だ。松井は、山下を事務所に連れていった。

「どういうことだ、万引きって……?」

事務所に入り、ドアを閉めると松井は尋ねた。

「『エヴァンゲリオン』の最新巻です。警報器が鳴って追っかけたことがあったでしょう。たぶん、あれだと思うんですが……」

「あのガキか……。それがどうした?」

「古池さんの教え子だったというんです」

「教え子……」

「ええ。先程、その子を連れて来まして……。謝罪してエヴァの代金を払っていきました」

「全額払ったのか?」

「その子は五千円しか持っていなかったので、あとの八百円を古池さんが出してくれました」

「そいつは問題だな」

「え……」

「つまり、万引きした子は、ちゃんと弁償したことにはならない」

「でも、こちらの収入としては、全額入ったわけですから……」

「そういう問題じゃないんだ。万引きした本人がちゃんと払わなきゃだめなんだ」

「その子、いじめにあっていて、万引きを強要されたと言ってました」

「いじめだと?」

「いかにもそういう感じの子でしたよ」

松井は、しばらく山下の顔を見ていた。何事かしきりに考えている。彼は、眼をそらすと言った。

「まあ、それが本当なら同情の余地もあるがな……。だが、店としては万引きにあった事実だけを考えなければならない」

「でも、ちゃんと謝りに来たんですから……」

「ひとりで来たわけじゃないだろう。そのガキが事情を説明して謝ったのか？」

「いえ、その子はほとんど黙っていました。古池さんが話をしました」

「それじゃだめなんだよ。本人がちゃんと反省をしていることを示してくれなくちゃ」

「まあ、そうですけど……」

山下は、複雑な表情で言った。「古池さん、ビデオのこと、気にしてました」

「ビデオ？」

「監視カメラですよ。万引き現場のビデオを売り出すという話、古池さんにしたでしょう？」

「ああ」

「古池さん、その教え子が写っているシーンをカットしてくれと言っていました」

「それはできないな」

山下は、少しばかり驚いた顔になった。

「どうしてです？」

「もう、マスタリングを注文してきた」

「電話一本で済む話でしょう。ダビングするときにカットしてもいい」

「いいか、俺は、容赦しないことに決めたんだ。今までは、とっつかまえて親が金を払いに来ればそれで放免していた。後日、名乗り出て来れば、それでチャラにもしてきた。だが、それじゃ万引きはなくならないんだ」

「でも……、古池さんは、わざわざ……」

「それで済むと思われちゃかなわん。いいか。これは戦争だ。万引きからどうやって店を守るかという防衛戦なんだ」

「俺、古池さんに言っちゃったんです。おとがめなしでしょうって……」

「おまえの責任じゃない。何か言ってきたら、俺が話をする」

「店長、古池さんと親しいんでしょう？　その関係を壊すようなことをしなくてもいいんじゃないですか」

「残念だが、それで古池さんが店に来なくなっても仕方がないな」

「問題がこじれたら……」

「新聞沙汰にでもなれば、俺は堂々としゃべってやるよ。どれくらい俺たちが腹に据えかねているか。俺が本気で万引きと戦うつもりだってことを、世間にわからせてやるよ」

「でも、金をもらったんだし……」

「だから、言っただろう。万引き犯から全額もらったわけじゃないって。もう甘い顔はできないんだよ」

「何も古池さんの顔をつぶすようなことをしなくても……」

「あのとき、古池は、店にいた……」

　松井は再び、思案顔になった。

「え……」

「なのに、二日も経ってからその生徒を連れてきた。あのときは、何も言わなかった。これは誠意ある態度とは言えないな」

「気がつかなかったのかもしれませんよ。万引きしたのが、教え子だったって……」

「じゃあ、どうしてあとになってわかったんだ？　その教え子が古池に自分から言ったのか？　僕は万引きしましたって」

「さあ……。そういうこともあるでしょう……」

　山下は、自信なげになった。

「俺はそうじゃないと思う。古池は、あのとき気づいたんだ。自分の教え子が万引きをしたということにな。だが、俺に黙っていた。何か裏工作ができるかもしれないと考えたのかもしれない」

「そんな……。もし、そのとき、万引きした子に気づいたとしても、ただ、まず事実確認をしようと考えたのかもしれないじゃないですか」

「だとしても、まず、俺に言うべきだ。今のはうちの生徒だ。まず、本当にあいつが盗んだのかどうか確認を取ってみる、とかな。そうは思わないか？」

「そりゃそうですが……」

松井は、万引きを憎むあまりかたくなになっていることを充分に自覚していた。相手は、古池だ。できることなら、古池の顔を立ててやりたい。だが、ここで妥協したら、ビデオを発売するという強硬手段が間の抜けたものになってしまいそうな気がした。

三日間に監視カメラで捉えた七件はすべてビデオに収めて発売する。その方針を崩したくなかった。七件という数も問題なのだ。たった三日間で七件もの万引き——それを世間にアピールする目的もあった。ビデオに収録されているのは一件でも多いほうがいい。

「いいか」

松井は言った。「俺は、あくまで店の立場に立って考えなきゃならない。そりゃ、古池のことを考えると目をつぶってもいいか、という気にもなる。だが、それは俺の個人的立場だ。店のオーナーとしての考え方じゃない。こういうところはきっちりと割り切って考えなくちゃならない」

「わかりました。あとは、店長が話をしてくれるんですね。俺は、古池さんに合わせる顔がない」

「まかせておけ……」

正直なところ、松井は気が重かった。必要以上に問題をこじらせることになるかもしれないと思った。だが、やらなければならない。

山下が事務所を出ていき、ひとりになると、松井は自分に言い聞かせるように、先ほど山下に言ったことを繰り返した。

「これは、戦争だ。万引きからの防衛戦なんだ」


小乃木将太と佐野秀一は、塾に行っていた。小乃木は、有名な進学塾に通っており、佐野秀一も別の塾ではあるが、やはり、かなり名の通った進学塾に通っている。

武田勇は、部活に参加していた。彼は、サッカー部に所属していた。中学生の場合、たいていレギュラーは三年生がつとめるが、武田勇は、二年生でレギュラーの座を射止めたのだ。

小学校のころから、サッカークラブに入っており、最初はストライカーを目指していた。中学に入り、身長が急に伸びて体が一回り大きくなった。キック力もあり、気性が激しい一面があるので、顧問の教師は、彼をディフェンダーに転向させた。

当初、不満を洩らしていた勇だったが、ゆくゆくは、リベロに育てたいという顧問の言葉に気を良くした。今では、守備の要となっている。

最近のサッカーは、ディフェンダーもどんどんオーバーラップして攻撃に参加する。実際、彼は、何度かその長身を生かしてヘディングシュートを決めたことがあった。

将太や秀一といっしょにいないときの勇は、典型的なスポーツ選手だった。優秀なスポーツ選手は、狡猾《こうかつ》で計算高い。また、プライドが高く、自分が認めた相手としか話をしようとしない。ヘタクソは相手にしないのだ。勇は、二年生のレギュラーということもあり、ことさらエリート意識を持っていた。

同じ二年生とは、あまり口をきかない。一年生に対して三年と同様の要求をした。運動部の体質というのは、中学生くらいから培われる。下級生は、上級生に絶対服従だ。上級生は、下級生を鍛えるためではなく、自分の優位性を示したいがためだけにシゴキをやる。

勇はそうした体質にどっぷりとひたっていた。レギュラー選手である彼は、同じ二年生にも平気で命令をした。二年生は、当然勇に反感を持ったが、実力はいかんともしがたい。事実、勇のおかげで勝った試合が何試合もあった。

クラブ活動は情操教育だ、などときれいごとを言う教育関係者もいるが、実際は、試合で勝つことが最優先なのだ。スポーツの名門校ほどその傾向は強い。実力のない選手は、部内ではとことんみじめな思いをするものだ。

勇は、自分は何をやっても許されるのだという気になっていた。その代わり、練習はしっかりとやった。実力だけが今の立場を守るということを彼は知っていた。

その日も、居残り練習をやっていた。他の選手が引き上げたあと、ひたすらボールを蹴った。彼は、自分のキック力を生かすためにロングシュートを練習していた。ディフェンスは組織プレイだ。そうした練習は、他の部員がいるときにしかできない。彼は、ひとりでできるメニューを考えていた。オーバーラップしていった状態から、正確なセンタリングを上げる練習。遠いところからゴールを狙う練習。

彼は自分を長距離砲として実戦で生かすことを考えていた。体格に恵まれた彼は、中学生の標準をはるかに超える体力を持っていた。居残り練習を可能にしているのは、その体力だった。

日が暮れかかるころ、勇はようやく練習を終えた。すでにグラウンドには他の部の選手の姿もない。

使っていたボールを籠《かご》に収め、それを持って部室に向かおうとした。誰かが駆けてきた。ボールの籠を持つのを無言で手伝った。

勇は、驚いて相手を見た。

「なんだ、おまえか……」

ボールの籠に手を伸ばしたのは、マネージャーのひとりだった。先ほどまでジャージを着ていたが、すでに制服に着替えている。紺色のブレザーだった。素足にくしゃくしゃのルーズソックスをはいている。

名前は、岡洋子《おかようこ》。クラスは違うが、勇と同じ二年生だった。

洋子は、無言で籠の片側を持っている。

「何で残ってたんだ？」

勇はぶっきらぼうに尋ねた。相手が何も言わないので気まずかった。

「別に……」

洋子は、勇のほうを見ずにこたえた。

ボールの入った籠をふたりで部室に運び込む。汗くさい部室は、明かりが点《つ》いておらず、薄暗かった。

「他の皆は帰ったのか？」

勇は尋ねた。

「帰った」

「おまえ、何か用事があったのか？」

「練習、見てたかったのよ。マネージャーのつとめだし……」

勇は、洋子が自分に興味を持っていることを知っていた。洋子だけではない。勇に好意を寄せている女生徒は多い。勇は、運動部のスターのひとりだった。

薄暗い部室でふたりきり。その状況を作ったのは洋子のほうだ。勇は、心の中でほくそえんだ。彼は、まるで暴君のような気分になった。自分に逆らう者はいないと錯覚しているのだ。若い欲望が頭をもたげた。

部室のドアを閉める。室内は、いっそう暗くなった。洋子は、何も言わない。それを勇は挑発と受け取った。

彼は、洋子に近づいた。洋子は、身を引いて言った。

「何よ……」

「俺を待ってたんだろう?」

「うん。いっしょに帰ろうと思って……」

「いいよ。いっしょに帰ってやるよ。だが、その前にやることがある」

勇は、洋子にいきなり抱きついた。汗くさい部室の中で、洋子だけがいい匂いがした。リンスの甘い匂い。若い女性の肌の匂い。

驚いた洋子は抗《あらが》った。密着した互いの胸の間に両手を割り込ませて、勇を押し退《の》けようとした。

「いやだ。何すんのよ!」

「いいからおとなしくしろよ」

勇は、もがく洋子を無理やり抱きすくめた。体が大きく力が強い勇は、たやすく洋子を捕まえてしまった。洋子はどこもかしこも柔らかかった。勇は、その感触を味わっていた。

視界が狭くなり、今は洋子しか見えていなかった。血が熱くなっている。くたくたになるまでサッカーの練習をした後だが、新たなエネルギーが満ちてきていた。

「やめてよ!」

「うるせえよ……」

勇は、洋子を壁際のロッカーに押しつけた。顔を近づけていく。洋子は、それから逃れようと左右に顔を振っている。

「いやだったら……」

勇は、洋子の両手首を摑んでロッカーに固定すると、左右に逃げる唇を捉えようとした。

「いや……」

勇は、自分の唇を洋子の唇に押しつけた。柔らかな粘膜の感触。

「んんん……」

洋子は、驚くほどの力を発揮し、手を振りほどくと勇を突き飛ばした。

「いてえな……。何すんだよ」

「変なことするからだよ！」

洋子は、眼に怒りの涙を溜めて勇を睨《にら》み付けていた。

「ばかやろう。こうしてほしかったんだろう？」

勇には自信があった。女の子は皆、自分を求めているに違いないという自信だった。そして、実際に過去に何度かいい思いをしていた。言い寄ってくる女たちは、強く求めれば結局拒否はしきれなくなった。

そして、自分にはそうする権利があると思い込んでいたのだ。

「そんなつもりじゃないわよ」

「じゃあ、何で待ってたんだ?」

「だから、いっしょに帰ろうと思っただけなんだってば」

「ふざけんなよ」

勇の欲望にはすでに火が点いている。持て余し気味の性のエネルギーが暴走を始めていた。

勇は、また洋子に摑みかかった。

「やめてってば……」

「いいから、おとなしくしろよ」

勇は洋子を部屋の中央にあるテーブルに押し倒そうとした。洋子は、それを振りほどいて、ドアのほうに逃げだそうとした。勇は素早かった。敵のフォワードを止めるときの動きでドアと洋子の間にさっと体を入れた。そして、再び洋子をテーブルのほうに押し戻した。

ついに洋子は、テーブルの上に押さえつけられてしまった。必死で抗う洋子のスカートがめくれて肉付きのいい太腿《ふともも》が露わになった。さらに足をばたつかせたせいで、白い下着が見えた。

もう勇はセーブがきかなくなっていた。ふっくらとした胸を両手で乱暴に揉《も》みしだいた。

「そんなことすると、先生に言うよ」

「何を言うってんだ……」

勇の声は、妙に掠《かす》れてきた。「おまえのほうから部室にやってきたんだぜ」

勇の手が、洋子の下半身に伸びていった。洋子は、夢中でわめいていた。

「渋沢くんのこと、先生に言うわよ」

勇がぴたりと手を止めた。

その隙に洋子は、するりとテーブルの上から逃げた。勇は追わなかった。

洋子は、乱れた服を直しじっと勇を睨んでいた。勇も洋子を見据えている。

「渋沢がどうしたっていうんだ……」

「あたし、知ってるのよ」

「何を知ってるってんだ」

勇は強がっているが、明らかに不安そうだった。

「小乃木くんや佐野くんといっしょに、渋沢くんのこと、いじめてるでしょう?」

勇は、一瞬こたえに窮した。洋子が追い打ちをかけるように言った。

「こんなことすると、先生に言うからね」

「冗談じゃない……」

勇はようやく言った。「俺が渋沢をいじめてるだって? 俺たちは、あいつの友達になってやってるんだ」

「あたし、渋沢くんのことなんてどうでもいいと思っていた。いじめだってどうでもいい。でも、こんなことするなら、あたし、先生に言ってやるから……」

「待てよ、おい。おまえ、誤解してるよ」

勇が何とか取り繕おうとしていると、突然、ドアが開いた。

勇と洋子は同時にそちらを向いた。サッカー部の顧問が立っていた。

「まだ残っているのか？」

勇がしゃべるより早く、洋子が言った。

「片付けをしていたんです。武田くんの居残り練習の……」

「そうか」

顧問は言った。「早く帰れよ」

「はい。今、帰ろうと思っていたところです。じゃあね、武田くん」

洋子はさっと部室を出ていった。勇は、どうしていいかわからず、その場に佇《たたず》んでいた。

12

「さて、さっそく作りはじめようか」

部屋に戻ると、古池が言った。「俺は手を出さない。アドバイスをするだけだ。でないと、おまえの作品ということにならないからな」

「はい」

「まず、箱を開けて部品のチェックだ」

「チェックって……。どうすればいいんですか?」

「おまえ、プラモデル、作ったことあるんだろう?」

「何となく適当に作っていました。設計図を見ながら、部品をちぎって接着剤で付けて……」

「図を見ながら、部品に欠けや歪みがないか確かめるんだ」

「面倒ですね」

「そうしたチェックをすることによって、おおよその部品が頭に入る。後の作業の能率がよくなるんだよ」

慎治は、言われたとおりにチェックをした。

「部品が全部揃っていることを確かめたら、仮組みをする」

「仮組み……?」

「接着剤を付けずに、あるいは、ほんの少しだけ接着剤を付けて一度組んでみるんだ」

「どうしてそんなことをするんですか?」

「プラモデルというのは、モデラーの理想の形をしているわけじゃない。仮組みをすることで、どこがどう理想と違うのかがわかる。それから、どこを改造するか考えるんだ」

「そのまま組み上げるんじゃだめなんですか？」

「それは素組みと言ってな……。最近のガンプラは、プロポーションもいいし、あらかじめ部品が色分けされている。しかも、接着剤が必要ないはめ込み式になっているんだ。そして、関節にはポリキャップという部品が入っており、自由に動くように作られている。だから、小学生なら素組みでも充分に楽しめるだろう。だが、それはモデラーの楽しみ方じゃない」

「はい」

「モデラーにとって、プラモも素材のひとつでしかない。だから、熱心なモデラーは、同じキットを三つ買うと言われている」

「どうして三つも……」

「ひとつを素材に、ひとつを改造パーツ用に使う。そして、一箱をストックしておくんだ。プラモファンにとっては、キットの状態も興味の対象なんだ。そして、将来はコレクターアイテムとしての価値を生む可能性もある」

「コレクターアイテム……？」

「プレミアムが付いたりすることがあるんだよ。コレクターの間で、高値で売り買いされたりする」

「あ、あのお店の人が言っていた……。もしかしたら、十倍くらいの値が付くかもしれないって……」

「そう。だが、あいつの言っていたことは大げさだ。まだ、初代ガンダムにはそんな値は付かないよ。金型が残っているからな。本当に価値が出るのは金型が無くなった絶版だ」

「金型って……？」

「プラモデル――、専門筋ではインジェクションキットと呼ぶんだが、こういうキットはすべて金属製の型の中に材料を流し込んで作る。それが金型だ」

「へえ……」

「さ、部品をランナーから切り取って仮組みだ」

「ランナーって何ですか？」

「この部品を止めてある枠のことだよ。これは、単に材料をつなぎ止めているわけじゃない。成形するときの材料の流れ道なんだ。だからランナーと呼ぶ」

慎治は、古池の作業台を借りていた。テーブルや作業台で模型を作ったことなどなかった。過去にプラモデルを作ったときは、床に箱を広げ、その箱の中で作業を進めていた。

古池は、刃の薄い小型のニッパーを取り出して慎治に渡した。

「これが、プラモ用のニッパーだ。刃の厚いものだと、部品を傷つける恐れがある。このニッパーで部品を切り離すんだ」

2017 5 中公文庫　新刊案内

熊野古道殺人事件〈新装版〉

内田康夫

伝統の宗教行事を再現すると意気込んだ男とその妻が、謎の死を遂げる。これは祟りなのか——。浅見光彦と「軽井沢のセンセ」が南紀山中を駆けめぐる！

●600円

慎治〈新装版〉

今野敏

同級生の執拗ないじめで、万引きを犯し、自殺まで思い詰める慎治。それを目撃した担当教師は彼を見知らぬ新しい世界に誘う。今、慎治の再生が始まる！

●680円

「手でちぎったりしちゃいけないんですね……」

「モデラーはそういうことをしない。切り取ったら、その部分をナイフで丁寧に削り、さらにペーパーをかける」

「はい……」

言われたとおりに作業を進める。部品数が多くないので、仮組みまでにそれほど時間はかからなかった。部品の一部に少しだけ接着剤を付けて組み上げ、あとからまたすぐにバラせるようにしておく。

「どう思う？」

古池が尋ねた。

「なんだか、ずいぶんと安っぽい感じがします。先生が作ったガンダムと全然違う。あの吉祥寺の店にあったガレージキットとも違うし……」

「どこがどう違うかが問題なんだ」

「これ、どう見てもプラスチックだし……。ちゃんと塗装しなきゃ……」

「塗装の前にやっておかなきゃならないことがたくさんある。まず、どこが安っぽいのかを観察することだ」

「そうだな……」

慎治は、じっと仮組みをしたガンダムを眺めた。「まず、部品の合わせ目が目立ちます」

「パーティングラインというんだ。それはしっかりと消さなければならない。それだけか？」

「先生が作ったのや、店に飾ってあったのは、足がちゃんとハの字に開いていたでしょう？　でも、これ、まっすぐだ」

「そうか。では、まず、そこを作り替えなければならないな」

「そして、この腰……。これ、何だか箱みたいになっているけど、店にあったのは、何枚かの板で囲んである感じだった」

「そうだな。では、そこも作り替えよう。脚のつけ根の周りは、独立したアーマーで囲むようにしよう」

「そして、胸……。箱絵とちょっと違っている……」

「そこも作り直すか」

「でも、そんなこと、できるんですか？」

「できるさ。慣れの問題だ」

「それに、ちょっと脚が短いような気がします。これ、足首も動かないし……」

「そこも思い切って作ってみるか」

「ええ」

「さて、それでは、やるべきことは、脚の延長を含むプロポーションの変更。そして、胸のディテールアップだ。では、今度は、バラしてどういうギミックを仕込むかの検討だ」

「ギミック……？」

「仕掛けのことだ。今回は、関節の可動のさせかただな。脚と足がハの字に開かないのは、股関節のギミックのせいだ。おまえが言ったとおり、股関節を箱型に腰パーツが囲んでいる。まず、これを取り去る。そして、股関節そのものを変更する。運動軸が一方向だけだから脚が前後にしか動かない。これを横にも動くように運動軸を増やしてやればいいわけだ」

「よくわかりませんが……」

「要するに、前後左右に動くようにしてやればいいんだ。今はこういうものがある」

古池は、作業台の下から、何かを取り出した。よく見ると、お椀型の部品と球がセットになっている。それがランナーに付いて並んでいた。「ボールジョイントというんだ。一般にポリキャップと呼ばれる部品の一種だ。関節に使うとかなり自由に動く。これを股関節に使おう」

「へえ……」

「これで、かなり脚のポーズがつけやすくなる。ハの字に開くようになるだろう。問題は、足首だ。このキットでは、脛《すね》の部分と足の部分が一体成形になっている。ここを切り取って、成形し、ここにも小さなポリキャップを仕込もう」

「難しそうですね……」

「俺の言うとおりにやればできる。きっとできると信じるんだ。途中で投げ出さないと約束したことを忘れるな」

「忘れませんよ……」

「よし、では始めよう。その股関節の問題からだ。まず、腰の周りの箱状の部分を切り取ろう。ちょっと待ってろ」

古池は、部品に極細の油性ペンで線を引いていった。

「このアタリにそって、レザーソーで切れ目を入れろ」

古池は、剃刀《かみそり》のように薄い刃でできた小さな鋸《のこ》を手渡した。「これがレザーソーだ。鋸で切り出すのと同じ要領だ。曲がらないように気をつけろ」

「はい」

慎治は、言われたとおりに作業を始めた。なかなかうまくいかない。レザーソーがくにゃりと曲がってしまう。

「力の入れすぎだ。少しずつ、軽く動かすんだ」

何とか切り取ることができた。腰の部分は、中央部を残して取り去られた。

「よし、そこは、そのまま放っておいて、次は、足首だ。俺がアタリを入れるから同じようにレザーソーで切り取るんだ。今度はレザーソーを入れた両側の部品を使うから、さっきより注意深くやるんだ」

「はい……」

慎治は、なんとかコツをつかみはじめていた。力を入れないように気をつけて、古池が描いたラインにそってレザーソーの刃を前後させた。やがて、脛と足が切り離された。

「さて、ポリキャップを仕込むための土台をこの部分に作らなければならない。いろいろと方法がある。プラバンを切って埋め込む方法やレジンを流し込む方法……。一番簡単なのは、こいつだ」

古池は、粘土のようなものを取り出した。円筒形をしており、中心部と外周部の色が違っていた。「エポキシパテだ。チーカマタイプと呼ばれている」

「チーカマタイプ……？」

「チーズを真ん中に差し込んだカマボコがあるだろう。あのような構造をしている。これを輪切りにしてよく練り合わせるとしばらくして硬化しはじめる。そのうちにこちこちに固まる。やってみろ」

慎治は、エポキシパテをカッターナイフで輪切りにすると、それをよく練り合わせた。ちょっと粘りけのある粘土といった感じだ。古池はうなずいた。

「もういいだろう。指に水をつけると粘らなくなる。水をつけすぎるな。パテが溶けてしまうからな。それを、この腰の中央の部分に押し込む。そうだ。中の空洞を埋めるような感じでな。……いいぞ。今度は、足首だ。脛の部分の部品の間にエポパテを押し込み、両側からぎゅっと挟んでしまう。そうだ。周りにはみ出してもいい。継ぎ目がぴったり合わさるまで押しつける。もう片方も同じことをする。……よし、それでいい。腿のつけ根にも同じようにパテを挟む。ぎゅっとな……。そのまま、硬化するまで放っておくんだ。切り取った足はもう合わせて接着していい。足を接着したら、その上に残ったエポパテを盛るんだ。適当でいい。あとでナイフで削って成形するからな……。ちょっと多めに盛っておけばいい。そこにポリキャップのボールジョイントを仕込むからな」

慎治は、パテなど使うのは初めてだった。それがどんな結果になるのかわからない。ただ、今は古池の言うとおりにするだけだった。

古池は、ゼットライトを灯《とも》してその下にエポキシパテを盛った部品を持っていった。ライトを押し下げて、電球を部品に近づける。

「それ、何しているんですか？」

「こうして温めることで、エポパテの硬化を早めるんだ」

「へえ……」

「さて、今のうちに腕と胸を見ていこう。今回は、腕のギミックはそのまま生かそう。胸は前の飛び出ている部分を作り直す。度胸よく切り取って、プラ板で作り直すか……」

「難しそうですね……」

「だいじょうぶだ。どんなことになっても、修正はきく。理想の形だけを思い描くんだ。あとは、こまめにスケールで寸法を取る。山勘で部品を作ると、その修正のためによけいに時間と手間を食うことになるからな」

「はい……。どうやるんですか？」

「材料のプラ板はここにある。あとは、箱絵や、その他の資料を見て考えるんだな」

「レーザーディスクのジャケットを見てもいいですか？」

「いいよ」

慎治は、奥の部屋の棚へ行き、いろいろなジャケットを取り出してみた。見当をつけていたジャケットが見つかった。

初代ガンダムの最初の劇場公開作品だ。それを持って作業台のところに戻ると、古池がにやりと笑った。

「気持ちはわかるが、欲をかくとろくなことがないぞ……」

「欲をかくって……？」

「そのジャケットが魅力的なのはわかる。カトキハジメの描き下ろしだからな」

それは、ガンダムが、前方に足を伸ばし腰を下ろしているポーズのイラストだった。ディテールがしっかりと描き込まれている。「カトキ版ガンダムは、扱いがやっかいだ。一部分だけ流用しようとすると、なぜかその部分だけが浮いた感じになってしまう。カトキハジメのアレンジは個性が強いから、丸ごとカトキ版にしないとなんとなくちぐはぐな感じがしてしまうんだ。おまえの作品をカトキ版に作り替えるのはちょっと骨だぞ」

「この、胸の中央の飛び出た部分だけ参考にするんじゃいけませんか?」

古池はジャケットを眺め、しばらく検討していたが、やがて言った。

「そうだな……。その程度なら問題ないだろう。やってみることだ」

「すると、いっそのこと、全部切り落としたほうがいいですね」

「ああ。おまえのキットは、台形の張り出しがあるような感じになっているが、カトキ版は、完全に直方体の箱がくっついている感じだからな。切り取った跡に箱を作って貼りつけたほうが早いかもしれない」

慎治は、たちまち夢中になっていた。もともと美術や技術家庭は好きなほうだった。古池に貰《もら》ったプラ板に、極細の油性ペンで線を引く。しっかりと定規を使い、寸法を確かめながら、長方形の箱を組むような部品を描きだしていった。

「悪くないぞ」

古池が言った。「それをこいつで切り出すんだ。これはPカッターというんだ」

それは奇妙な形をしたカッターナイフだった。刃がプラ板に立つような形で当たる。

「これで何度か線を引くようにすると、プラ板が切れる」

やってみると、カンナで削るように、細い削りくずが出る。何度かその溝をなぞると、簡単に手で折ることができた。小さな部品ができる。

「よし、瞬間接着剤でその箱を組み上げるんだ。指に接着剤を付けないように気をつけろ」

慎治は、なんとかやってみた。ちょうど、蓋と壁の一方が開いた状態の箱ができあがる。ジャケットの絵を見ながら、ナイフで少しずつ削り、形状を近づけていった。

「どうです？」

慎治は、古池に尋ねた。古池は、できた部品を手に取り、胸の部分にくっつけたりすり合わせたりしてみた。

「驚いたな……。悪くないぞ。おまえ、才能があるよ。一発でこんな形を出せるとは思わなかった」

「そうですか？」

「あとは、その部品のペーパーがけだ。ちょっとした歪みならペーパーで修正できる」

慎治は、紙ヤスリを何種類か手にとって見た。

「どれを使えばいいんですか？」

「適当でいいよ。だが、そうだな。四〇〇番か五〇〇番といった荒目のがいいだろう。削り過ぎないように気をつけるんだ」

慎治は、言われなくてもそうするつもりだった。自分でプラ板から作りだした部品は何にも増して大切なもののような気がした。

「できました。こんなもんだと思います」

「じゃあ、その部品を取り付けるために、胸の部分を削ってしまおう。こいつを貸してやる」

古池は、電動歯ブラシに似た道具を取り出した。

「何ですかそれ……」

「モーターツール。歯医者で歯を削るやつがあるだろう？　あれのでかいやつだ。これにヤスリを取り付け、がりがり削る。こいつのおかげでずいぶん能率が上がるんだよ。ここがスイッチだ。高速回転と低速回転がある。スチロールは溶けてくるので、低速回転でやったほうがいい」

「こうですか……？」

慎治は、スイッチを入れると、しっかりと握ったまま回転するヤスリを部品に押しつけようとした。

「こらこら。もっとデリケートにやるんだよ。モーターツールは鉛筆を持つような形で持って……。そうだ。そっとヤスリを当てていくんだ」

やってみるとなかなか難しい。ヤスリの回転にそって、つい滑ってそれたりする。何度か滑らせ、やはり力が入り過ぎていることに気づいた。回転するヤスリを軽く当てるように気をつける。たちまち、胸の中央部は削り去られた。取り去った部分にぽっかりと穴があく。

「そこに、さっきおまえが作った部品をくっつけてしまえ。プラ板もスチロールだから、プラモ用の接着剤が使えるぞ。はみ出してもいいから、多めに付けるんだ」

何度か失敗したが、ようやく満足な位置にそれを付けることができた。胸の部分は青いプラスチックでできているが、慎治が作った部品はプラ板の白のままだ。なんだか、継はぎの感じだが、慎治は、満足だった。

「さて、エポパテが固まったかな……」

古池が、脚の部品の上に盛ったエポパテを爪で押してみた。「いいだろう。さっきぎゅっと合わせた部分をこじあけるんだ」

古池は、小さなドライバーを使って部品の合わせ目をこじった。ぱかっと部品が外れた。その部分にぴったりとエポパテが詰まった形になっている。

慎治は、古池がやったようにドライバーで全ての部品を開いていった。

「さて、これがポリキャップを仕込む土台になる」

慎治は、固まったエポパテを見て、なんだかわくわくする気分だった。

股関節を取り付ける腰の中央部分に詰めたエポキシパテは、半ば硬化していた。完全に硬化するにはまだ時間がかかる。この状態でおおまかな加工をするのだ。ナイフを入れると半硬化状態のエポキシパテは、柔らかいビニールを切るような感じで加工できる。

完成後は見えない部分なので、適当な形で充分だった。同じように、足首の部分、脛や腿のパーツに挟み込んだ部分を加工する。

明日になれば、完全に硬化するので、その段階でポリキャップを仕込む穴を開ける。ボールジョイントという市販のパーツには、二種類の大きさがある。大きいほうには、三ミリ径の、小さなほうには二ミリ径の棒がついている。その棒でジョイント部本体を固定したり、お椀型のほうをパーツに埋め込んだりする。そのお椀型の中にボールをはめ込んで関節にするのだ。掘削には、普通のカッターナイフを使った。慎治は、時間を忘れて作業に没頭した。何もかも忘れていた。

実際、彼は、将太たちにいじめられていることも忘れていた。万引きの現場をビデオに撮られていることも、昨日まで真剣に自殺を考えていたことも忘れていたのだ。

ただ、目の前にあるプラモデルの部品に集中していた。今や、単なるプラモデルの部品ではなかった。手を加えたパーツたちは、すでにキットの設計図を離れ、彼自身の作品のパーツに変わりつつあった。

慎治は、こうした時間を忘れていた。幼いころから、外で遊ぶよりも部屋の中でひとりで何かをして遊んでいることが多かった。紙に鉛筆で絵を描いていることが多かった。小学校の高学年になると、マンガを描くこともあった。

誰にも邪魔されない世界。想像力だけで幸福になれる世界。慎治は、再びその世界の扉を開いたのだ。

中学に入ってからは、そうした遊びに割く時間が無くなっていた。そのうちに、将太たちによるいじめが始まり、慎治は、他のことは何も考えられなくなっていたのだ。

エポキシパテの加工が終わると、腕の部分を作っていった。パーツを貼り合わせ、その合わせ目を消していく。段差が大きい場合は、ポリエステルパテなどを使うのだが、最近のインジェクションキットはよくできているので、紙ヤスリをかけるだけで充分だった。

パーツを貼り合わせるときに、接着剤を多めに付け、わざとはみ出させる。硬化したあと、そのはみ出しがパテの代わりになるのだ。はみ出して固まった接着剤をナイフで丁寧に削る。その上から四〇〇番くらいの荒目のサンドペーパーをかける。そうすると、完全にパーツの合わせ目を消すことができる。

パーツには、細い線が入っていることがある。これを、モールドと呼ぶ。モールドには、凸モールドと凹モールドがあり、プラモデルに入っている細い線はたいてい凹モールドだ。

パーツの合わせ目——パーティングラインを消すための作業によって、このモールドが消えてしまうことがある。古池は、凹モールドなら消えてしまっても構わないと言った。あとで、彫刻刀の三角刀やPカッターで彫ってやればいいのだ。また、凸モールドを消してしまった場合はポリエステルパテで再生すればいい。細い線のような凸モールドの一部を消してしまったような場合は、すべてをサンドペーパーで削って消してしまい、あとから、凹モールドとしてやはり三角刀やPカッターで彫ればいいのだった。見た目の効果はそれほど変わらない。

同様の作業で気に入らないモールドを作り直すこともできるし、追加することもできる。モールド彫りは、ディテールアップの基本だと古池は言った。

片腕を作るにも驚くほどの時間がかかる。慣れないせいだ。慣れてくれば、どの程度の仕上げをすればいいか見当がついてくるから作業時間は大幅に短くなるのだと古池は言った。片腕を作り上げると、すでに七時を過ぎていた。

古池は、慎治に家に電話するように言った。慎治は、先生の家にいると言えば、親も文句は言わないと思い、安心して電話した。作業を中断する気になれなかった。

こんなに物事に夢中になったのは初めてのような気がした。おそらく、小学生の頃、マンガを描いたり、プラモデルを作ったりしていたときは、同じような気持ちだったのだろう。だが、それを忘れて久しかった。

「早く帰ってきなさいよ」

母親はそう言っただけだった。

古池は夕食を取らなければならないと言った。だが、慎治は、食欲などなかった。心配事や不安のせいで食欲がないときとはまた違った気分だ。早く作業を再開したくてたまらないのだ。

だが、古池は腹が減っていた。慎治のためにピザを取ってやることにした。宅配のピザが来るまでは作業を続けることができる。

古池の言ったとおり、もう片方の腕を作る作業時間は、かなり短くなった。一度やってみたことは、二度目は楽になるものだ。

肩と腕を接続するギミックは、そのまま使うことにしていた。肩の関節は、胸パーツに挟み込むようになっている。いわゆる『はめ殺し』だ。

肩の部分をはめ込み、胸と背のパーツを接着剤で貼り合わせる。その後に、パーティングライン消しの作業をする。その作業にも慣れつつあった。模型作りは、とにかく一度やってみることが大切だと慎治は悟った。

難しそうだとか、とてもできそうにないと考えているより、手を動かしたほうが早い。やってみると、どんな難しそうなテクニックも単純な作業の積み重ねだ。

切って、削って、磨くだけなのだ。ひどく細かい作業もあるが、一度やってみると次には楽になっている。失敗しても、補修する方法は必ずあり、やり直すことができる。パーツをひとつだめにしても、それを再生する方法はいくらでもあるのだ。

「その調子だ。何かわからないことがあったら、訊いてくれ」

古池はそう言うと、自分の作業を始めた。作りかけの『ガンダムRX79G』のフルスクラッチビルドだった。すでにあらかたのパーツは彫り出してあった。あとは、ディテールと部品同士のすり合わせだ。

関節部分などは、いくら図面を引いても、うまくかみ合わない場合が多い。そういうときは、モデラーが『現場合わせ』と呼ぶ作業をする。わずかずつ双方の部品を削り、微調整するのだ。ときには、ポリエステルパテなどを盛ってその部分だけ作り直すこともある。

地味で神経を使う作業だが、こうしたすり合わせをちゃんとやっておかないと、部品を複製したあとに組み上げることができない。古池は、カッターではなくデザインナイフを使っていた。デリケートな作業なので、デザインナイフのほうが向いている。

ときには、小型の彫刻刀に持ち替えたりして作業を進める。古池は、刃の幅が一ミリとか三ミリといった彫刻刀を何本か揃えていた。こうした道具は模型屋よりも、工芸用品店などで探したほうがいいものが見つかる。筆にしても刃物にしても、模型用と称して売られているものの中には子どもだましのものが多い。原型を作るにはプロが使う道具のほうが適している。

ふたりは無言でそれぞれの作業に没頭していた。

ドアのノックの音でふたりの集中は途切れた。

「ピザかな……」

古池がそうつぶやいて立ち上がった。ドアを開けると、「や、どうも」という声がした。ピザ屋ではないな、と慎治にもわかった。慎治は、顔を突き出してドアのほうを見た。吉祥寺の模型店の店員が立っていた。

古池が、里見と呼んだ店員だ。

「フルスクラッチの進み具合はどうかと思ってね……」

「まあ、ぼちぼちだ」

「ちょっとお邪魔していいかい？」

「別にかまわんよ」

里見は、慎治を見ると言った。

「おや、お弟子さんもいたのか……。お、さっきのガンプラ作ってんのか？」

古池が言った。

「ここには道具が揃っているからな」

「へえ……。かなり本格的に改造してるじゃないか」

「そのために、初代ガンダムを買ったんだ。このキットはいじり甲斐《がい》があるからな」

慎治は、作業を中断させられるのが嫌だった。だが、古池の客が来たのに、知らんぷりで作業を続けるのもどうかと思った。

それを察したように、古池が慎治に言った。

「気にせずに続けろ。俺もそうするから。こいつの家はこの近くにある。だから、ときどきこうしてうちにやってくるんだ」

慎治は、どうして里見がやってきたのか不思議に思っていたが、その言葉で納得した。吉祥寺はとなり駅だ。里見は、となりの駅までこの近所から通っているということらしい。古池は、本当に作業を再開した。里見も気にした様子はなかった。慎治は里見を気にしつつも、サンドペーパーがけを続けた。

里見が古池の手元をのぞき込んで言った。

「おう……。もう原型はあらかたできてるじゃないか……」

「これからの仕上げにけっこう時間がかかるんだよ」

「まあ、そうだな……。だが、ガレージキットを作るわけじゃないんだろう。適当なところで型を取って部品を出し、それから仕上げをしたっていいじゃないか」

「一体ものという発想ならもちろんそうする。だが、俺は、何体か作りたい。ジオラマにすると言っただろう」

「そうか。いつでも売り物になるくらいの型を作っておいたほうがいいしな……。出来がよければ、ワンフェスにも持ち込める」

「ワンフェスか……。憧れだな……」

里見は、原型パーツを手にとってしげしげと眺め、それをそっと古池の前に戻した。

「しかし、『08小隊』の続きはいつ出るんだろうな」

「ああ……」

古池の返事は、どこかおざなりな感じだった。手元に集中しているせいだろうと、慎治は思った。

「あの伍長《ごちょう》な……。ミゲル・ニノリッチとかいったか……。あいつ、いつも故郷のサイド2にいる恋人に手紙を書いているだろう。あれ、軍規違反じゃないか。軍隊じゃ最もやっちゃいけないことだぞ。『08小隊』は、そういう点が無神経だ」

「あれは手紙じゃない。手紙の形式で日記を付けているだけだ」

古池は、デザインナイフで脛の部品を用心深く削りながら言った。指先に神経を集中しているようだ。

慎治は、まだ『08小隊』を見ていないから、ふたりの会話の内容が理解できなかった。だが、どういう話をしているのかは想像ができた。

それより、古池のテクニックのほうに興味があった。古池は、慎治のすぐ脇で作業をしている。慎治は、思わず古池の手元を見つめていた。

思ったよりずっと細かく削っていく。本当に少しずつ刃を動かしているのだ。あれがコツなのかと慎治は思った。

「手紙じゃないって？　まあ、日記でもいいさ。だが、ああいう記録を残すこと自体が問題だ。敵に占領されたり、捕虜になったときに、重大な機密の漏洩《ろうえい》になる。スパイ行為にも等しいぞ」

「あれは、ナレーションの代わりなんだ。ひとつの表現手段なんだよ。うるさいことを言うな。オープニングの曳光弾《えいこうだん》の軌跡がリアルだと喜んでいたのはあんたじゃないか」

「ああ。あのオープニングは抜群だ。それだけに、こちらは期待してしまう。『08小隊』は今のところ、いい物語だ。雰囲気もいい。硝煙とオイルの臭いが画面から伝わってくる。だからこそ、注文がきつくなるんだ。これは、俺たち軍事ファンが認めているということなんだ」

「すべてのマニアを喜ばせることは、どんな作り手にもできないんだよ。モデルだってそうだ。カトキハジメ・バージョンが好きな人は、近藤版が好きではないかもしれない。また、その逆もありうる」

「まあそうだが……。しかし、あのギレン・ザビの演説といい……」

「気に入らないのなら、見なければいい」

「だから言ってるだろう。気に入らないんじゃない。気に入っているから、つい注文がうるさくなるんだって。そういや、『X』も悪くないな。あのキャプテンと医者の会話がいい。だが、人気がないそうだな」

「人気がないわけじゃない。女子供に受けないだけだ。『ウイング』が女子供向けのガンダムだったからな。俺は、『X』でガンダムを取り戻したような気分だよ。『Gガン』ではゲームマニアに取られ、『ウイング』では女子供に取られたような気がしていたからな」

「でも、スポンサーのメーカーとしては女子供を相手にしたいわけだろう？　商売の上で……」

「ま、アニメの宿命かな」

ドアをノックする音で、会話が中断した。ピザの宅配だった。

「なんだ、これから食事だったのか？」

「そうだ。あんたの分はないぞ」

「いいよ。俺たち、これから作戦会議をやりながら、食事するから」

「また、作戦《ミッション》があるのか？」

「ああ。明日だ。場所は、町外れの材木倉庫。施設の争奪戦だ。俺は、新しい銃を試すつもりだ。SIG・SG550。マルイの電動ガンだ」

古池と慎治は、ピザとコーラで夕食を始めた。一口ピザを食べ、慎治は、驚くほど腹がすいているのにようやく気づいた。またたく間に一切れを平らげた。

古池は、黙って頬張っている。

里見は、古池の反応がないのをまったく気にした様子もなく、話しつづけた。

「マルイの電動ガンは定評があるが、こいつがまた凄いんだ。バーストショットの機構がついているんだ。これまでに出ているマルイのM16なんかは、フルオートとセミオートの二段階切替えだったが、このSG550は二発から七発までのバーストが選べる」

「ほう……」

古池は関心なさげに相槌を打った。

「まだ、発売されていないんだ」

「え……？」

ようやく古池は、里見の顔を見た。里見は、満足げな笑みを浮かべてうなずいた。

「見本市に出たやつをその筋から手に入れた。誰よりも早く、俺が実戦で使うというわけだ」

「その筋ってのは、何だ？」

「仲間の中に、拳銃雑誌のライターをやっているやつがいる。編集部にモニターとしてやってきた銃を払い下げてもらった」

「モニターの銃は返却するんじゃないのか？　たしか、税務署か何かがうるさかったはずだ」

「たてまえとしては返却することになっている。だが、ケースバイケースなんだ。メーカーにもよるし、雑誌やライターにもよる」

「くやしいが、俺たちは初物とか限定という言葉に弱いからな……」

「サイドアームには、ウエスタンアームズのベレッタを使うつもりだ。こいつは安定している。実銃に忠実に作ってあるし……。持った感じなんて、本物と変わらんぞ」

「ベレッタ？　Ｍ92Ｆか？」

「いや、今回はＭ84Ｆを使ってみようかと思う。92Ｆよりかなり小型だから実戦には使いやすいかもしれない。本当は、ＭＧＣのＣＺ75を使ってみたかったんだが、まだ充分にテストをしていないんだ。俺は、実銃では、ＣＺかＳＩＧが好きだからな。特にＣＺ75のバランスには惚れ込んだよ」

「あの……」

慎治が尋ねた。「自衛隊の人ですか？」

里見が慎治を見た。

「え……。店で会っただろう？　俺、あそこの店員だよ。自衛隊員のはずないだろう」

「でも、銃の話、してるし……。作戦会議があるって……」

里見が笑いだした。古池も苦笑している。慎治はわけがわからなかった。

「サバイバルゲームだよ」

古池が説明した。「こいつは、サバイバルゲームのチームを持っているんだ」

「何ですか、それ……」

「エアソフトガンを使った戦争ごっこだよ」

「戦争ごっこという言い方は不本意だな。高度なシミュレーションだよ。使っている武器が違うだけで、作戦の立て方や行動パターンは実際の戦闘とまったく同じなんだ」

「要するに、プラスチックの弾を撃ち合って遊ぶんだ。戦争ごっこじゃないか」

「やってみた者にしか、あのスリルと興奮はわからないね。そして、高度なインテリジェンス。体を鍛え、集団行動の訓練をし、武器の訓練をして、作戦を練るために頭を使う。すべてのスポーツの要素を持っている。サバイバルゲームは最高のゲームだよ」

「戦争が最高のゲームだという言い方もある。その意味では、戦争をそっくり真似ているサバイバルゲームが高度なゲームなのは当然だ。だが、俺は興味ないよ」

「誘おうとは思わないよ。あんた、仲間の足を引っ張りそうだからな。サバイバルゲームは、高度に組織化されたゲームだ。あんた、組織の一員として動くことができそうにない」

「俺は、学校という組織の中でちゃんと働いているよ」

「ちゃんと働いているかどうかは疑問だが、まあ、いまだに首にならずにいることは認めておこう」

「こいつはな……」

古池は慎治に言った。「年に二回はグアムに行って、本物の銃を撃ってくるんだ。千発も弾を使うんだ。これまで何度もグアムに行っているのに、海に入ったことが一度もない」

「海は日本でも入れる。だが、銃は日本では撃てない」

「へえ……」

慎治は、驚いて尋ねた。「どんな銃を撃つんです？」

「たいていは、九ミリオートを中心に撃つ。最近のオートマチックは九ミリ・パラベラムが主流だからな。そのほかに、四五口径のオートを何種類か……。ガバメントが主だが、最近は、ＳＩＧの四五口径が気に入っている。長物も必ず撃ってくる。Ｍ16を中心に、Ｍ16の改良型のカービン・タイプ、ＣＡＲ15や韓国産Ｍ16のデーウーなんかも撃ってくる。アメリカでは、フルオートが撃てないので、スナイピングの練習になるけどね」

慎治は、里見が何を言っているのかまったくわからなかった。

だが、同じような趣味を持つ人でも、興味の範囲が少しずつずれているのだということが、慎治にも何とか理解できた。

13

翌日は、日曜日だったが、慎治はいつもより早く目が覚めた。じっとしていられないような気分だった。早く、昨日のプラモ作りの続きをやりたかった。

午前中は古池の迷惑になるだろうから、我慢しようと思っていたが、結局、十時ごろに家を出た。古池のアパートに着いたのが二十分後で、やはり、古池は寝起きだった。

「何だ……。もう来たのか」

「すいません。早く始めたくて……」

慎治は急に気恥ずかしさを覚えた。自分が聞き分けのない子供のような気がした。

「まあ、いい。入って勝手にやってくれ。俺は、顔を洗ってくるから」

慎治は、上がってさっそく作業を再開した。ガンダムの上半身はすでに接着を終えている。パーティングラインも消してある。これまでに彼が作ったプラモデルの印象とずいぶん違っていた。サンドペーパーをかけたところは白っぽくなっているし、脚の部品にはパテがくっついている。

キットのギミックは削り取ってしまい、その代わりに市販の関節パーツを埋め込もうとしている。

サンドペーパーを丁寧にかけた部品は、プラスチックを貼り合わせたものという感じがしない。一体成形されたもののようだった。慎治は、プラモデルという素材を使って、たしかにこれまでのぞいたことのない世界に足を踏み入れたのだ。

昨夜の、古池と里見の話も興味深かった。ほとんど理解できなかったが、ふたりのこだわりは想像することができた。里見が語ったのも、慎治が知らなかった世界だ。

千発もの実弾を撃つために、年に何度も海外に出掛ける人間がいることなど、考えたこともなかった。

作業台へやってきた古池は、直径十五センチ、高さ二十センチばかりの金属製の罐《かん》を取り出した。蓋をあけると、真っ白などろどろした液体が入っている。

それをポリエチレンの計量カップに移している。

「何ですか、それ」

慎治は思わず尋ねた。

「型取り用のシリコーンだ。これに硬化剤を混ぜるとしばらくして固まる。ゴムのようになるんだ。入れ歯の型取りと同じだ。模型用の材料が手に入らない時代には、実際、歯科用の材料を使っていた者もいた。この模型用のシリコーンは、歯科用に比べ、かなり流動性がある。細かな部分にまで流れ込んでしっかり型を取れる」

すでに、油粘土で土台を作り、原型が埋め込んである。その原型の周りをプラ板で四角く囲ってある。プラ板は、土台の粘土に押し込んで固定してあった。その中にシリコーンを流し込むようだ。

かなり粘りのあるシリコーンは、糸を引くように流れ込む。その糸を原型に垂らすような感じで、少しずつ流し込んでいく。やがて、その糸が崩れシリコーンが薄い膜のように原型を覆いはじめる。

　そこで、古池はいったんシリコーンのカップを置いた。コンプレッサーのスイッチを入れ、エアブラシのハンドピースを手に取った。塗料を入れず、エアブラシを空吹きする。原型の上に流し込んだシリコーンに空気を吹きつけているのだ。

「それ、何をしているんです？」

「こうして、原型のこまかなモールドなどに、シリコーンを密着させるんだ。空気なんかが間に入っていたら、正確な型ができないからな」

「へえ……」

　空気を吹きつけたあと、残りのシリコーンを流し込んだ。

「さて、あとは待つだけだ。完全に硬化するには八時間以上かかる」

「たいへんなんですね……」

「なに。慣れてしまえばどうってことない。型取りは技術というより手間の問題だからな。原型を作るまでが勝負なんだよ」

　古池は、同様の作業を繰り返し、シリコーンの型をいくつか作った。部品ごとに分けてあるようだ。

「固まったあと、どうするんですか？」

「粘土を取り去って、今度は、もう片側にシリコーンを流す。そうして、型の完成だ。基本的にはプラモデルと同じだよ。プラモデルは金型に圧力をかけたスチロールを流し込む。

ガレージキットは、シリコーンの型に無発泡ウレタンを流し込む。その違いがあるだけだ」

「部品を自分で作れるなんて思ってもいませんでした」

「どんな製品でも、必ず作ったやつがいる。そして、その技術というのは基本的には俺たちがやっていることと変わらない。そう考えればいいんだよ。さて、今度は、おまえの作品だ。今日中に塗装までこぎ着ければいいがな……」

古池は、慎治のパーツに眼を移した。腿や脛《すね》、足のパーツをつぶさに見て、ポリキャップを仕込む位置を決めていった。

「ここに穴をあけて、ボールジョイントを埋め込む。やってみろ。このピンバイスで穴をあけるんだ」

古池は、超小型のドリルを取り出した。慎治はいきなりピンバイスと古池が呼んだ超小型のドリルの刃をエポキシパテの部分に当てた。

「まてまて。そういう乱暴なことをすると必ず狂いが出るぞ。まず、ピンバイスの先を当てる部分にナイフか何かで傷を付けるんだ。そうすれば、ずれることがない」

「はい……」

慎治が穴をあけ、その穴にボールジョイントと呼ばれるポリパーツの支持棒を押し込んだ。ぴたりと収まる。すべての部品に同じ作業をし、ボールジョイントをはめ込んでみた。

可動性のある脚ができあがった。

慎治は、その出来ばえにうれしくなった。かなり自由に関節を動かすことができる。もとのキットの状態とは大違いだった。

「いいじゃないか」

古池が言った。「さて、それじゃ、腿の延長をやろう。脚が短い印象があると言っていただろう。腿の中間のあたりをレザーソーでまっぷたつに切るんだ」

「え……」

「そこにプラ板を挟んで少し腿を長くしてやるんだよ」

せっかくのパーツに刃を入れるのは、ひどく乱暴なことのように思えた。しかし、慎治は古池を信じていた。言われたとおり、両方の腿パーツをふたつに切り離す。

「その断面と同じ形に、プラ板を切り出す。何枚か切り出して重ね合わせ、それを切った部分に挟み込んでやるんだ。あとは、ナイフとサンドペーパーできれいにならしてやる。必要ならポリパテも使うが、まあ、だいたいは、サンドペーパーだけでなんとかなる。切り出すプラ板は、それほど正確な形でなくていいぞ。だが、断面より小さくならないようにな」

「はい」

すでに、プラ板を切り出す方法は知っていた。Ｐカッターで何度もなぞり、最後に指で折り曲げて切り取るのだ。

結局、一ミリ厚のプラ板を三枚挟んだ。レザーソーの刃の厚みだけ長さが減っているので、二ミリほど腿を延長したことになる。あとは、古池が言ったとおり、ナイフではみ出したプラ板を削り、サンドペーパーをかけてきれいにならした。

やり方さえわかれば、それほど難しい技術ではない。

「さて、脚の部分をすべて接着したら、パーティングラインを消して、モールドを彫りなおしておく。それが終わったら、塗装に入るぞ」

慎治は、黙々と作業を続けた。すでに、パーティングライン消しとモールド彫りは、腕のパーツで経験済みだ。

「おい、昼飯にするか」

古池がそう言ったのは、すでに一時半になろうとする頃だった。

作業に夢中になっていた慎治は、食事などどうでもいい気分だったが、古池に逆らうわけにもいかなかった。朝から部屋に押しかけ、古池の生活のペースを乱しているのかもしれないと思ったからだ。

「駅前のハンバーガーショップにでも行くか……」

「何でもいいです」

「ついでに、『サンセット』にも寄ってみよう。昨日の件を確認しておきたいしな」

「確認……?」

「ああ。店の従業員はああ言ったが、店長の松井がどう考えてるかまだわからんからな……」

慎治は、万引きの件を思い出し、日が陰るように気分が暗くなった。

「やあ……」

『サンセット』の松井の表情が硬かった。慎治は、それ以上に緊張していた。万引きをやった現場。来るたびに落ち着かない気分になる。犯罪者の気分というのはこうしたものなのだろうと慎治は思った。

どこにいても落ち着かない気持ちを味わうことになる。

「昨日の話、店員から聞いたかい?」

古池は、単刀直入に尋ねた。

松井は、すぐに眼をそらした。レジカウンターの上にあるチラシなどを無意味に眺めているようだった。

「聞いたよ。たしかにその子だな……。犯人の顔は忘れないよ」

「金は払った」

「知っている」

「では、ビデオから削除してくれるな？」

松井は、あらためて、古池を見た。ある決意を感じさせるような態度だった。

「それはできない」

「なぜだ？」

「こちらにもいろいろと言い分がある」

「当然だな」

古池は、あくまで無表情だ。「だが、こちらは誠意を尽くしたと思う」

店の従業員や客が、古池と松井のやりとりを気にしはじめていた。松井はそれに気づくと、レジカウンターから出て言った。

「こっちへ来てくれ」

松井は事務所のほうに歩きだした。古池と慎治は、そのあとについていった。慎治は、不安で何度も古池の顔を見た。古池は、一度も慎治のほうを見なかった。

事務所に入ると松井は、きっぱりとした口調で言った。

「俺は、断固とした処置を取ると決めた。もう妥協はしない」

古池は、しばらくだまって松井を見つめていた。松井も、態度を変えていた。古池と慎治が店に入ってきたときは、どこか後ろめたそうな態度だった。古池に対して申し訳ないと感じていたのかもしれない。

だが、今は違っていた。彼は、対決の姿勢を見せている。

やがて、古池が言った。

「防犯が目的じゃなかったのか？」

「もちろん、そうだ」

「ビデオを発売するのは、その後、万引きした犯人が名乗り出て謝罪することを求めてのことだろう？」

「そのとおりだ。それ以上の法的処分は望んでいない」

「この子は、自分から名乗ってきたんだ。金も払った。それが目的だったのなら、もう問題はないはずだ」

「運が悪かったな」

「運が悪い？」

「そう。以前なら、俺もそれで無罪放免にしていた。だが、俺は、もう妥協しないと決めた。今回のビデオは、写っているすべての犯人を発表する。だが、安心しろ。顔にはモザイクをかける」

「理由が理解できない」

古池は、無表情のまま言った。「この子をビデオから外すことが、あんたにとってどういう問題があるのか……」

「三日間に七件もの万引きが起きた。この数も問題なんだ。たった三日のうちに七件だ。俺は、ビデオのインパクトを重視したいんだ。最初に発売するビデオの効果を最大のものにしたい。この子をビデオから外すとする。噂を聞きつけた犯人が、名乗り出さえすれば、万引きをチャラにしてもらえると考えてやってくる。そいつも削除しなければならなくなる。そうなると、なし崩し的にビデオが効果の薄いものになっていく。いいか。もう一度言うが、三日に七件という数も問題なんだ」

「噂だけで犯人が名乗り出れば、それに越したことはないだろう？」

「最初が肝腎なんだよ。最初のインパクトが。俺は、もう腹に据えかねている。意地になっていると言ってもいい。そうだ。俺はたしかに意地になっている。防犯のために発売するビデオだが、今は、そのビデオを発売することが第一の目的になっているかもしれない。だがな、これはやらなければならないんだ。たった一度でもいい。やらなければならないんだ。販売業をやっていないおまえさんには理解できないと思う」

「この子は、いじめにあっている。脅されて万引きをやったんだ」

「気の毒にな。だが、俺たちにとってみれば、万引きされたのは事実なんだ。犯人の側にどういう事情があったかは、知ったことではない。ここで甘い顔はできない」

「この子は反省している」

「当たり前だ。だが、その子にも見せしめになってもらう。いいか。何度も言うが、万引きされたのは事実なんだよ。それに、俺はあんたの態度にも問題があったと思っている」

「俺の態度？」

「あんたはあのとき、店にいた。その子の犯行に気づいていたんじゃないのか？　なのに、その場では何も言わなかった。問題を揉み消せると考えていたんじゃないのか？」

古池は、しばらく考えていた。やがて、彼は言った。

「たしかに、あんたの言うとおりだよ。あのとき、俺は気づいていた。だが、問題を揉み消そうとしたわけじゃない」

「じゃあ、何だったんだ？」

「面倒くさかった」

「なんだって……？」

「こういう問題に関わるのが面倒だったんだ」

「それで、先生がつとまるのか？」

「つとまらんと思う。だから、昨日、この子を連れてここへやってきたんだ」

「俺には、そういう態度が誠意のなさと映ったんだ。犯行の現場で話してくれればよかったんだ」

「どういうふうに？」

「どうでもいい。正直に言ってくれれば、他に対処のしようもあった。例えば、今の子供は、俺の生徒だ。必ず謝りに来させるから穏便に頼む、とかなんとか……」

「なるほどな……。考えもしなかった」

「そうすれば、マスタリングのときに削除する気になったかもしれない。もう遅いよ。マスタリングを頼んじまった。いまさらマスターの内容を変更する気はない」

古池は、またしばらく沈黙していた。慎治は、ふたりのやりとりを聞いて、完全にうろたえていた。どう決着するのか見当もつかない。彼は、ひどく不安で、また、先日までの暗い閉塞感を思い出していた。

やがて古池が言った。

「どうやら、歩み寄る余地はないようだな……」

「残念だがな」

慎治は、ふたりがどういう間柄かよく知らない。だが、かなり親しかったことは口調から推し量ることができた。そのふたりが、自分のやったことで仲違《なかたが》いをしている。そのことが耐えがたかった。

「すいません」

慎治が言った。

ふたりは、慎治がそこにいることに初めて気づいたというように、はっと振り返った。

慎治は、おろおろと言った。

「僕が悪いんです。万引きしろと言われて、はっきり断れなくて……。でも、断ると、あとで何をされるかわからなくて……。すごく怖かったし……。もう考えるのも嫌になっていて……。万引きするしかなかったんです……」

「そう」

古池は、言った。「おまえの意気地の無さが悪い」

「すいません。でも、殴られたりするのもう嫌だったし……。逆らえなかったんです……」

「いじめはどんなことをしてもなくならない。だったら、いじめられているやつが戦うしかないんだ」

松井は無言で二人のやりとりを眺めていた。

古池が松井に言った。

「交渉は決裂したということだな」

「そうだな」

松井はうなずいた。

14

「僕、どうなるんです？」

『サンセット』を出ると、慎治は古池に尋ねた。

「さてどうなるかな……あいつは意地になっている。引きたくても引けないところへ自分を追い込んでいるんだ」

慎治は、無言で俯いた。

それきり、古池は部屋に戻るまで何も言わなかった。

「おまえは、プラモの仕上げに集中していればいい」

「でも……」

「気にしたって、おまえにできることはない。今おまえにできるのは、プラモを作ることだろう？　違うか？」

「そうですけど……」

「なら、ぐずぐず言わずにそれを続けるんだ」

「はい……」

慎治は、仕方なく作業台に向かった。万引きをしたことや、いじめのことを思い出し、先ほどまでのようには集中できなかった。手が止まってしまう。

古池は、奥の部屋に行って電話をかけているようだった。その声が慎治のところにも聞こえてきた。

「里見さんをお願いします……」

吉祥寺の模型店に電話しているようだった。慎治は、思わず耳を澄ましていた。

「里見か……。話がある。今だいじょうぶか？　実はな、おまえの力を借りたいんだ。『サンセット』の松井のことなんだが……。松井があるものを持っていてな。それを奪取したい。今日、店が終わってから、うちに寄れるか？　そうか。待ってる。じゃ……」

古池は電話を切った。

奥の部屋から作業台のところにやってきた。慎治は、慌てて作業を再開した。

すでに、仕上げはあらかた終わっている。古池は、その様子を見て言った。

「ようし、ぼちぼち下地作りを始めようか。人によっては、ここでサフェイサーを吹くのだが、俺はあまり勧めない。せっかくのモールドやエッジが甘くなるからな。サフェイサーは、修復した部分だけに吹けばいい。あとは、全体に白い塗料を吹いてやる。素材がインジェクションキットで充分にペーパーがけしてあれば、それで充分だ。これが、レジンのキットなら気泡を埋めるためにサフェイサーが必要なことがあるんだが……」

「あの……。里見さんが来るんですか？」

「ああ。あとで寄るって言ってた」

「里見さんの力を借りたいって……？」

「おまえは気にしなくていい。さ、色の調合だ。これがまた難しいぞ。塗料を瓶から出してそのまま塗ることはまずない。好みの色に調合するんだ。それによってオモチャっぽい印象を無くすることができる。基本は、すべての色に白を混ぜるということだ。彩度を少し落としてやるんだ。通常、モデラーがガンダムなんかに使う赤は、厳密には、赤に限りなく近いピンクだ。ブルーは、かなり空色に近い。ピンクだが、立体に塗ってやると赤に見える。ブルーもかなり明るいと思っていても、模型に使うとかなり暗く見える。また、白もほんの少し、黄色かグレーを混ぜることで、陰影をはっきりと見せる効果がある。俺の好みからいうと、白にはグレーを混ぜたほうがいい。高級感が出るんだ。さあ、やってみろ。調合するには、この皿を使う」

　古池は、きれいにメッキされた小さな金属製の皿を何枚か出した。「調合した塗料は大切だから、ちゃんと保管しておく。塗りなおしや修正のときにまた使うからな。俺は、このフィルムのケースを使っている。密閉性があるし、大きさが手頃だ。たくさんあるから、おまえもそれを使うといい」

　慎治は、里見のことが気になっていた。里見の力を借りたいと言った。何を計画しているのだろう。話がどんどんこじれていくのではないだろうか？　慎治は、それを恐れていた。

「調合スティックという専用の棒を売っているが、俺は、この小型のスプーンを使っている。柄のほうでかき混ぜるんだ。ここからが、センスの見せ所なんだ」

それから古池は、エアブラシの使い方を教えてくれた。常にそばにバケツを用意しておいて、使うごとにその中の水で掃除をする。エアブラシの上部についているボタンを押すとエアが流れてきて、同時にそのボタンを後方に引くと塗料が流れ出て吹きつけられるという仕組みだ。

まず、下地として、調合していない白を全体に吹いた。古池が使っているのは、水性のアクリル塗料なので、洗浄が水で済むし、溶剤の臭いもしない。

だが、塗料の飛沫が飛ぶのでマスクをするようにと言われた。下地が乾く間を利用して、調合を始めた。古池は、もっとどんどん白を入れろという。かなり色が薄い感じがするが、それでちょうどいいのだと言う。

「赤を鮮やかにしたいときは、蛍光ピンクを混ぜるといい。ブルーは、淡すぎるくらいのスカイブルーでいい。センチネル以来、コバルトブルーを使うのが流行《はや》っているが、初代ガンダムは通常のスカイブルーが似合うな」

調合した塗料をフィルムケースに流し込む。下地が乾いたことを確認して、古池は言った。

「じゃあ、白い部分を塗っていこう。白は気にせず、どんどん吹いていけばいい。そのあと、マスキングをして、他の色を吹く」

「マスキングって何ですか？」

「塗り分けをするためにテープを貼っていくんだ。テープを貼った部分には塗料が付かないだろう？　そうやってきちんと塗り分けていくんだよ」

下地の白の上に、わずかにグレーと黄色を混ぜた白を吹きつけていく。

それが乾くのを待ってからマスキングをした。専用のテープがあり、それをこまかくちぎりながら付けていく。曲面にテープを密着させるのが難しい。

「塗装面を傷つける心配があるから、飛行機や自動車のモデラーはやらないが、貼ってから、必要な形にナイフを入れてテープを切り取るテクニックもある。キャラクターものは、複雑な曲線が入り組んでいることが多いから、この方法もかなり有効だ」

テープの境界線が塗装の境界線となるわけだから、神経を使った。マスキングがうまくできれば、塗装は終わったに等しい。あとは、エアブラシに塗料を入れて吹きつけるだけなのだ。

なんとか塗り分けができたころには、すっかり日が暮れていた。大まかな部分はエアブラシで塗装するが、細かなところは筆で塗らなければならない。関節のグレーや、顔などだ。これには、熟練が必要だった。

筆塗りの段階で技術の差が出た。慎治がやるとどうしてもはみ出してしまう。これは仕方のないことだと古池は言った。熟練度に応じて妥協しなければならない完成度があるのだと彼は言う。

慣れでしか克服できない部分があるのだ。

それはそれでいい、次の反省材料にすればいいと古池は言う。

塗装が乾いて関節のポリキャップをはめ込むと、慎治は思わず自分の作品に見入ってしまった。

立ち姿が驚くほど恰好よかった。足はちゃんとハの字に開いている。素組みのときとは、まったく違っていた。彼のガンダムは、間違いなくモデラーの作品だった。

「すごい……。これ、僕が作ったんですね……」

「ああ。少なくとも、小学生の遊びとは違うな。だが、まだ完成じゃない。ウェザリングをして初めて完成するんだ」

「ウェザリングって何でしたっけ？」

「簡単に言うと汚しだな。だが、筋彫りをはっきりさせるためにスミを流したりすることも含まれる」

「スミを流す……？」

「エナメル系の黒などを溶剤で薄く溶いて、筆で筋彫りの一点にちょんと触れてやる。すると、毛細管現象で筋彫りの中にすうっとそれが流れ込む。筋彫りがくっきりとして、作品にめりはりがつく。筆でふれたところを、エナメルの溶剤で拭き取ってやればいい。塗装はアクリル系なので、塗装が溶けず、エナメルの黒だけがきれいに拭き取れるんだ。ウェザリングもセンスを問われるテクニックでな。やりすぎるとただ汚いだけになる」

やってみると、面白いように細い凹モールドに黒い塗料が流れていく。まるで生き物のように黒いラインが伸びていくのだ。

「悪くないな」

古池は言った。「場合によっては、塗装が剝げて金属が見えているような汚しをしたり、バーニアから吹き出した炎の煤《すす》なんかを入れることもある。一時期は、ハイライトや陰影を入れるのが流行った。ハイライトは、白を多めに混ぜた色をエアブラシで吹いてやる。シャドウは、その逆で濃いめの色をやはりエアブラシで吹いてやるんだ。だが、最近ではあまりやらなくなった。モデリングにも流行りがあるんだ。今回の作品は、これで充分だろう。ロールアウトしたばかりのガンダムという設定だ」

すでに午後八時を回っていた。

慎治は、夕食のことも忘れていた。出来上がったガンダムを、いつまで見ていても見飽きない。

ドアをノックする音が聞こえた。

「里見だろう。早かったな」

古池が言った。慎治は、その言葉でまた現実に引き戻された。

「やあ、どうも……」

里見が部屋に上がってきた。

「店は終わったのか？」

「今日は早上がりだ。さっそく話を聞こうじゃないか」

「ちょっと待て。その前に飯だ。あんたはもう食ったのか？」

「まだだ」

「じゃあ、何かを取ろう」

「また、ピザか？」

「嫌なら別のものでもいい」

里見は、慎治を見て言った。

「こいつと三日いると、三日、ピザを食わされる」

「そうなんですか？」

「たぶん、一週間いっしょにいると、一週間ピザが続く」

慎治が古池に尋ねた。

「ピザが好きなんですか？」

「別に好きなわけじゃない。ひとりのときは、ピザなんて食わない。人といるときに注文するには、一番楽なんだ。食うのも楽だ」

「こいつは、そういうやつなんだ。何を食いたいかより、何を食うのが面倒でないかを考える」

「へえ……」

「余計なことは言うなよ。何を食う？」

「ピザでいいよ」

「なら、最初から文句を言うなよ。渋沢、おまえもピザでいいか？」

「いいです」

古池は電話でピザを注文した。ピザの種類も昨日と同じだった。

「それで？『サンセット』の店長がどうしたって？」

「こいつが、『サンセット』で万引きをした」

「万引きだと？　人間の屑《くず》だな」

里見がにやりと笑いながら言った。里見が勤める店でも万引きに泣かされているに違いなかった。

慎治は、ひどく居心地の悪い思いをしていた。

「渋沢というんだ。いじめにあっていてな。脅されてやむにやまれずやったんだ」

「いじめか……。いじめているのは、どんなやつらだ？　不良か？」

「ごく普通の生徒だ。自分たちは優秀だと考えているつまらないやつらだ」

「教師がそういうことを言っていいのか……？」

古池が、小乃木たちについてそういう言い方をするのを、慎治が聞いたのはこれで二度目だった。それでも、慎治はやはり驚いていた。

先生たちは、将太や秀一や勇を高く評価しているものとばかり思っていた。

（僕の前なので、先生はわざとこういう言い方をしているのだろうか？）

ふと慎治は、そう思ったが、どうやらそうでもなさそうだった。古池は、将太たちを本当につまらない生徒だと感じているようだった。それが、心底意外だった。

そして慎治は、理由はわからないが、なぜか安堵感を覚えていた。

「いいさ。教師だって人間だ」

「まあ、脅されてしょうがなくやったというのなら、同情の余地もある。それで？」

「『サンセット』では、防犯カメラを設置してビデオを回している。防犯カメラに、こいつが万引きする姿が写った」

「ビデオに撮られたのか？」

「『サンセット』の松井は、そのビデオを見せしめのために店頭で販売すると言っている」

「いわき市でそういう例があったが……。いまだに人権問題で揉めてるそうじゃないか。

松井も思い切ったことを……」

「気持ちはわかるがね……。俺は、こいつを連れて謝りにいったが、俺たちの誠意が足りないとか言って、松井は、こいつの姿をビデオから削除しようとしない」

「事情は説明したんだろう?」

「松井は、これまで耐えに耐えてきたんだ。それが限界まできた。もう一切妥協はしないと言っている。この三日に七件の万引きがあったそうだ。その数もアピールしたいと言っていた」

「二十五日をはさんでいるからな。月のうちで一番万引きが多い時期だ。ビデオやLDの発売日が二十五日に集中している」

「交渉は決裂した。だが、俺としてもこのまま済ませるわけにはいかない。そこで、おまえに作戦を立ててもらおうと考えたわけだ」

「松井のチームに挑戦しろということか?」

「そういうことだ。あいつのチームの戦力はどの程度なんだ?」

「どうってことない。俺のチームのほうがはるかに優秀だよ。奪取するんだと言ったな。そのビデオを奪えばいいのか?」

「そうだ。松井にそれを納得させられるか?」

「問題ない。あいつだって挑戦をしりぞけるわけにはいかないさ。それに、多分、松井も抜いた刀の納めどきを見はからっているはずだ。本当はどこかで妥協したいのさ」

「挑戦したからには、作戦を成功させなければならない」

「情報戦だ。作戦の決行に先立つ情報戦が重要になってくる。そのマスターテープがどこにあるのか。どんなパッケージに入っているのか、ダミーは用意されているのか、防犯態勢はどの程度なのか。そういうことの事前チェックが大切だ。スパイが必要だな……」

「手だてはあるか？」

「任せろよ」

「実行に際しては、問題ないんだな？」

「うちのコマンド部隊は無敵だよ。どんな作戦だってこなしてみせる。マスターテープが『サンセット』にあると仮定すると、こいつは市街戦になるな……」

慎治は、ぽかんとした表情でふたりのやりとりを聞いていた。それに気づいた里見が言った。

「この坊やはどうするんだ？」

「もちろん、作戦に参加してもらう。こいつが蒔《ま》いた種なんだ」

「じゃあ、この子の訓練も作戦に含まれるわけだな。そっちのほうが骨だぞ」

「なに……。責任ということをわからせればいいだけだ。作戦で捕虜になろうが、死のうがかまわんさ」

「だが、足手まといはごめんだ。いっしょに行動するからには、訓練をちゃんと受けてもらう」

「任せるよ」

「どういうことです？」

ついに慎治は尋ねた。

里見が慎治を見た。

「おまえは、今から俺の指揮下に入った」

「何の話なんです？」

「言ったろう。サバイバルゲームだよ」

古池が言った。「松井は、サバイバルゲームのチームも持っていてな。この里見のライバルでもある」

「冗談じゃない。ライバルなんかじゃない。俺たちとやつらじゃレベルが違うよ。百回戦っても負けない」

「サバイバルゲーム……。戦争ゲームですか？」

「ただのゲームじゃないぞ」

里見が言う。「れっきとした軍事シミュレーションだ。アメリカなんかじゃ軍隊の訓練に使っている。実弾を使用しない点をのぞけば、実戦と変わらない。本気でやってもらうぞ」

「僕もやるんですか？」

「そうだ。これは、おまえの問題なんだ」

古池が容赦ない口調で言った。「里見にしっかり訓練してもらえ」

「あんたもな」

里見は古池に言った。

古池は深いため息をついた。

「わかってるよ。やらなきゃならんだろうな……」

「そうだ」

「俺は、あんたと違って軍事マニアじゃないんだがな……」

「俺の隊からは戦死者は出したくない」

里見はすっかりその気になって言った。「生き延びるために訓練してもらう」

15

慎治は、出来上がったガンダムを家に持ち帰った。途中壊れはしないかとひやひやした。

もっとも、今の慎治には、壊れても元通りに修復する自信があった。プラ板とパテさえあれば、どんな形でも作りだせるのだ。

部屋に入りそっと箱から取り出して机の上に飾った。

均一ですっきりした塗装。塗料には、すべてフラットベースという艶消《つやけ》しが混入されているから光沢がなく、それが、安っぽさを感じさせない理由のひとつとなっている。きれいにスミ入れされており、いままで作ってきたプラモデルとは違って、古池が作った作品や、吉祥寺の店に展示されていた作品と同じ類のものであることを感じさせる。

つまり、オモチャではなくモデラーの作品なのだ。

慎治はそれをいつまでも眺めていた。作品を作り上げたという自信を感じていた。

次は何を作ろう。

慎治は、自然にそう考えていた。ひとつの作品を作り上げた瞬間から、次の作品のことを考えている。古池は教えてくれなかったが、これがモデラーの特徴のひとつだった。

慎治は、将太たちのことがそれほど気にならなくなってきていた。自分はまだ何かに夢中になれるのだということを知った。

そのことは彼にとって大きかった。

これから腕を磨けば、人に負けないモデラーになれるだろう。いろいろなモデラーと知り合いになる機会もあるかもしれない。

慎治の前に新しい世界が開けていた。学校の生活など、いくつかある世界のひとつに過ぎない。

今までは学校の生活がすべてだと思い込んでいた。そのせいで自分を追い詰めていたのだ。

モデリングの世界は、慎治にとって大切なものになりつつあった。奥が深く、学ぶことがたくさんありそうだった。

将太たちの問題は、学校というひとつの社会での出来事でしかない。慎治は、別の世界に足を踏み入れた。そのために、将太のことがこれまでに比べて相対的に小さな問題になりつつあったのだ。

つい二日前までは、真剣に死ぬことを考えていた。遺書を書こうとしていたのだ。死にたいという気持ちは本当だった。だがそれは、将太に対するあてつけであり、自分の死によって相手を傷つけたいという気持ちだった。

そして、逃げたいのに逃げる方法がわからないことからくるやけっぱちな気持ちだった。

今は違う。将太などのために死ぬのはばからしいという気になっている。そして、死ななくても逃げることはできるということを知ったのだ。

逃げることは悪いことじゃないと古池が言っていた。

言われたときはどういう意味かわからなかった。今はわかる。逃げることも大切なのだ。

慎治は、満ち足りた気分でガンダムを眺めていた。

「カッコいいなあ……」

彼は、声に出してつぶやいていた。

それから、ベッドに入るまでの間、何度も眺めずにはいられなかった。それればかりか、一度、布団に入ってから、また起き上がって明かりをつけ、しばらく眺めたりもした。ようやくベッドの中で落ち着くと、眠りに落ちるまで次に何を作るかあれこれ考え続けていた。


月曜日。家を出た慎治は、また学校へは行かず、古池の部屋へ行った。古池はすでに出勤している。

またレーザーディスクを何枚か見た。下校時間になったら、吉祥寺の店に行ってみようと思った。

いつまでも、古池の作業台を使わせてもらうわけにはいかない。慎治は、自分の道具を揃えたかった。

どれくらい金がかかるかわからなかった。小遣いの無駄遣いはできない。これまで、すべての小遣いを将太たちに巻き上げられてきた。

モデリングのためにも、金を取られるわけにはいかないと思った。

そのためにはどうしたらいいか。考えたがわからなかった。だが、慎治は、深く思い悩んだりはしなかった。

相談する相手がいる。古池は何かを教えてくれるだろう。普通の大人は、決まりきったことしか言わない。

言いなりになる慎治が悪いと言うに違いない。金を要求されたら、勇気を持って断れと……。

それができたら、いじめで悩む子供はいなくなる。

古池なら、そうした普通の大人のようなことは言わないような気がした。これまで気づかなかったような解決策があるかもしれない。

そう思うだけで気が楽になるのだった。

「今日も休みかよ」

佐野秀一が、憎々しげに言った。

小乃木将太の席に、秀一と武田勇がやってきている。「渋沢のやつ、いっちょまえに登校拒否か……」

小乃木将太は、何も言わない。何かを考えている。

秀一は、鼻で笑ってから言った。

「あいつ、精一杯、俺たちに抵抗しているのかもしれないいな」

「抵抗……？」

将太は、意外なことを聞いたとでもいうように秀一の顔を見た。「なぜ、渋沢が俺たちに抵抗しなければならないんだ？」

「いや……。だって……」

「俺たちは、渋沢の友達だ。そうだろう。あいつと遊んでやっているだけだ」

「そうだけど……」

「おまえは違うのか？」

「違うって？」

「渋沢のことをどう思っているんだ？」

秀一は、叱られた子供のような表情になった。落ち着きがなく、ちょっとばかりふてくされたような態度を見せる。

「どうって……」

「おまえが渋沢を本当に友達だと思っていないとしたら、これは問題だな……」

秀一は、口をつぐんだ。

将太がおもむろに身を乗り出してから言った。

「渋沢は、俺たちの友達だ。いつも楽しく遊んでいるだけだ。これは冗談じゃないんだぞ。俺は本気でそう思っている」

「わかってるよ」

「それならばいい」

それまでじっと黙っていた勇が言った。

「でも、そう思っていないやつがいたらどうする？」

将太は、勇を見た。

「それはどういう意味だ？」

勇は、居心地が悪そうに身じろぎした。犬が主人の様子をうかがうようにちらちらと将太の顔を見た。

「どういう意味って……。言ったとおりの意味だよ」

「渋沢と俺たちが友達だと思っていないやつがいるということか？」

「たぶん、誰も思ってないよ……」

「じゃあ、どう思ってるんだ？」

「おれたちがいじめていると思っているんだ」

将太は、うんざりした顔をしてみせた。

「冗談じゃない。誰がそんなことを言ったんだ？」

「誰って……。俺たちのことを知ってるやつは、みんなそう思っているんじゃないのかな……」

「このクラスの連中のことか？」

「どうかな……？」

「誰が何と言おうと、俺たちは渋沢をいじめてなんかいない。情けないやつだから、多少鍛えてやらなけりゃならないと思うこともある。だが、それは、あくまで善意でやっていることだろう？」

「そりゃ、小乃木くんの言うとおりだけど……。俺たち、金取ったりしてるじゃないか」

「あれは、渋沢が進んで俺たちにくれるんじゃないか。そいつは渋沢の善意だ。そうだろ？　俺たちも善意、渋沢も善意。誰にも文句を言われる筋合いはない」

「小乃木くんはいつも自信たっぷりだな……」

「誰だ？」

「え……？」

「誰が言った？」

「何を……？」

「誰かが言ったんだろう？　俺たちが渋沢をいじめているって。誰が言った？」

「誰って……」

「俺たちは、そいつの誤解を解かなければならない。誰なんだ？　先生か？」

「違うよ。サッカー部のマネージャーだよ……」

「マネージャー?」

「B組の岡ってやつだ」

「ああ。そいつなら知ってるよ。けっこうかわいい子じゃないか。そいつが何て言ってたんだ?」

「ちょっと、いろいろあってさ……。岡は、言うんだ。渋沢のこと、俺たちがいじめてるのを知っているって……。先生に言うぞって言いやがった」

「別に先生に言われたってどうってことはない。俺たちと渋沢は友達だ。遊んでいるだけなんだ。先生たちは、俺たちの言うことのほうを信じる」

「まあ、そうだけど……」

小乃木将太は、じっと武田勇を眺めていた。観察しているような目つきだった。

「何があったんだ、その岡って子と」

「まあ、いろいろさ……」

「聞かせてほしいな」

「話すほどのことじゃないよ」

「俺が聞きたいと言ってるんだ」

将太の口調がきわめて冷たくなった。武田勇の大きな体が急に小さくなったような感じがした。

秀一は、心配そうな顔で将太と勇のやりとりを聞いている。

勇が言いにくそうに説明を始めた。

「俺、居残り練習をしてたらさ、岡も残ってたんだ。俺といっしょに帰りたいと言った……。部室でふたりきりになってさ……。その……、俺、岡がそうしてほしいんだと思って、その……」

「やっちゃったのか？」

「いや、そんなこと、してないよ。ちょっと抱きついたら、岡が渋沢のことを言ったんだ」

将太は、勇を見つめたまま、じっと考え込んでいた。

勇は、恥ずかしさをごまかすためにことさら乱暴に言った。

「くそっ。岡のやつ……。自分から部室に付いてきたくせに……」

「いっそのこと、やっちまえば、岡だっておとなしくなったのにな」

将太が言った。

勇と秀一は驚いた顔で将太を見た。将太はかすかにほほえんでいた。

「そんな顔をすることはない。そういうもんなんだよ。やっちまえばよかったんだ」

「だって……」

「どうってことないよ。岡ってのは、おまえの取り巻きのひとりなんだろう？」

「まあな……」

「だったら堂々としていればいい。スターにはスターのやり方があるんだよ。清く正しくなんて生き方は、パンピーに任せておけばいい。おまえは、スターなんだよ」

パンピーというのは、一般ピープルということだ。つまり、将太は、自分たちが一般人とは違うのだということを言いたいのだ。

「あとで問題になるよ。俺は、問題を起こすわけにはいかない。渋沢のことだってそうだ。よけいなことが、先生の耳に入るのは迷惑なんだよ」

将太は、薄笑いを浮かべた。「俺は渋沢を殴ったことなどない。いつも殴っているのはおまえだ」

「言っておくがな」

勇は、驚いた顔を将太に向けた。

「俺だけが渋沢をいじめていたというのか？　いつも三人いっしょだったじゃないか」

「迷惑だな」

将太は笑いを浮かべたまま、冷やかに言った。勇と秀一は、不安げに顔を見合わせた。

ふたりは、みるみる緊張の度合いを高めていった。

「迷惑って……」

勇が言った。「それ、どういうことだよ。小乃木くんだけが、俺たちとは違うってことか？」

「そうやって、びくびくすることが迷惑だと言ってるんだ。先生や周りの連中によけいな誤解を招くことになる。俺は、善意で渋沢と付き合っている。おまえたちもそのつもりでいるものと思っていたよ」

勇と秀一は、また顔を見合った。

「いいか？」

将太は、身を乗り出し、声をひそめて言った。「いい高校に入るためには、内申書が何より大切なんだ。高校の入試もどんどん変わってきているからな。これからは、内申書の重要さがさらに増していくだろう。だから、俺たちは、先生にいい印象を与えつづけなければならない。いじめをやっているなんて、思われるわけにはいかない」

「だから……」

「聞けよ。いいか？　誰かが先生によけいなことを言ったとする。渋沢が俺たちにいじめられているようだ、とかな。そのときに、おたおたされると、迷惑だと言ってるんだ。だから、俺は、いつも言ってるだろう。渋沢とは友達だ。たまにふざけてやりすぎることもあるが、あくまでも遊びだ、と。本当にそう信じていれば、何をチクられたって平気だ。先生に呼び出されたりしたら、そう言えばいいんだ。俺たちは、落ちこぼれの渋沢に救いの手を差しのべているんだ」

佐野秀一がうなずいた。

「わかったよ。小乃木くんの言うとおりだよ……」

「こんなことまで、いちいち俺に言わせるなよ」

「悪かった……」

勇が言った。「岡の口から、突然渋沢の名前が出たもんで、びっくりしちゃってな……」

「俺たちは何も悪いことをしていない。何もうろたえることはないんだ」

「そうだな……。たしかに、そうだ……」

「だが、岡という女の子の件は、たしかに問題だな……」

「俺がやったことが、かい?」

「いや、そうじゃないよ。岡の誤解が問題だと言ってるんだ」

勇は、ほっとした様子を見せた。

将太は、またしても何事かを考えはじめた。

「岡に、ちゃんと説明しておかなければならないな……」

将太は、独り言のように言った。

勇と秀一は、またしても居心地が悪そうに顔を見合わせた。将太が何を考えているのかわからない。

勇と秀一は、ませているとはいえ、まだ子供だった。子供と大人の差はいろいろあるが、第一に物事の先が見えていないということがあるだろう。それは、人生の経験の差からくる。

大人は、何かが起きたときに、たいていのことには対処できる。それは、長い人生でいろいろな経験をしているからだ。多くのことは、二度目あるいはそれ以上の体験であり、それ故に、どういう結果になるか、あらかじめ予想することができる。

それに対して、子供が体験する出来事というのは、たいてい初めてのことなのだ。だから、子供は不安に感じ、うろたえ、助けを求めずにはいられない。些細《ささい》なことでも重大事に感じられてしまうのだ。

そういう意味で、勇と秀一が子供なのはしかたのないことだった。まだ十四歳でしかないのだ。

だが、将太は、どこか違う雰囲気があった。彼は、いろいろなことを知っていたし、いろいろなことを考えることができるようだった。

ただ、そう見えるだけかもしれない。将太だけが、人生経験を積んでいるわけではないのだ。そういう雰囲気を持っているというだけなのかもしれないが、秀一と勇には、それで充分だった。充分に尊敬し、恐れるに足りる。

将太の成績のよさも影響していた。コミックの少年誌などでは、ガリ勉タイプの秀才が戯画化されて小馬鹿にされたりするが、実際の学園生活では、むしろ、勉強のできる生徒がオピニオンリーダーになるケースが多いのだ。

将太は、女子に人気のある佐野秀一とスポーツのエリートである武田勇を従えることによって、自分の力を大きく見せていた。グループを作ることで、一層華やかな雰囲気を演出しているのだ。そういう計算ができる少年だった。

秀一も勇も、そのことに気づいてはいたが、将太といっしょにいることの利点も充分に意識していた。彼らも、三人でいるほうが、注目度が高いことを理解していた。

この三人は、馬が合うというより、利害関係で付き合っているのかもしれない。人気者たちの友情ごっこ——そんな関係といえるだろう。

三人はそれで満足しているのだ。

将太は、勇に尋ねた。

「岡を呼び出せるか?」

勇は、ふと奇妙な胸騒ぎを覚えながらこたえた。

「ああ……。それくらいはできるよ」

「おまえが来いといえば、どんな場所にもやってくるか?」

「さあ……。そこまでは……」

「なんだ。自信を持てよ。おまえはスタープレーヤーで、向こうは取り巻きのひとりなんだろう?」

「取り巻きじゃなくて、マネージャーだよ……」

「同じようなもんだろう。この間のことを謝りたいとかなんとか、うまいことを言えばいいんだ。できるな？」

「ああ」

勇は自信なげに言った。「何とかね」

「よし。あとのことは、俺が考えるよ」

将太は、またかすかに笑った。「お互い、ちゃんと理解し合わないとな……」

16

「よう。今日はひとりかい」

慎治は、吉祥寺の模型屋で、工具をあれこれ眺めていた。すると後ろから声を掛けられた。振り返ると里見が笑いかけていた。いつものバンダナを額に巻いている。

「はい」

「ちょうどよかった。連絡しようと思っていたんだ。訓練のことだ。明日の夜は空いているか？」

「はい……」

「よし、それじゃあ、地図を渡すから午後七時に来てくれ」

「『サンセット』の店長とゲームをやることになったんですか？」

「話はついた。任せておけと言っただろう」

「あの……。訓練て、どんなことをやるんですか？」

「基本的な行動パターンの練習をする。チームの連中は、さまざまな状況を想定して実際に撃ち合う。君の場合は、基本訓練からやっている時間がないから、とにかく俺の命令どおり何とか動けるようになってもらう。それと、格闘技の訓練だな」

「格闘技……」

「白兵戦になったときに、おおいに役に立つ。これも、上達するには時間がかかるから、実戦的なテクニックをいくつか覚えてもらうしかないだろう」

「僕、運動も何もやったこと、ないですよ……」

「誰にでも初めての経験はある。君くらいの年齢なら、何を体験してもたいていが初めてだろう。気にすることはない」

「銃とかはどうするんですか？」

「俺のを貸してやるよ。銃の扱いにも慣れてもらう。エアガンだからといっていいかげんな扱いはするな。俺は、実銃と同じ扱いを教える。でないと、実銃を持ったときが危険だからな。エアガンでくせをつけておけば、実銃を持ったときの事故も防げる」

「本物の銃なんて撃つチャンス、ありませんよ」

「これからあるかもしれない。君の人生は、この先、無限の可能性があるじゃないか」

慎治はびっくりした。

こんな言い方をされたのは初めてだった。親も教師も、将来のことと言えば、高校受験のことしか言わない。それ以上の将来があることなど、慎治は忘れていた。

「古池先生も訓練に参加するんですか？」

「するよ。あいつも、何度かサバイバルゲームに引っ張りだしたことがあるんだが、あまり関心を示さなかった。あいつはどちらかと言えば密室型だからな」

「ビデオテープを奪うことなんてできるんですか？」

慎治は不安げに尋ねた。そのときの里見の反応は奇妙なものだった。

彼は、まず驚いたように慎治を見つめ、それから傷ついたような顔をし、最後に笑いだした。

「松井のチームなんて敵じゃないと言っただろう？　俺を信じてもらいたいもんだな」

「でも、ビデオテープはどこにあるかわからないんでしょう？」

「それを探り出す。そこからが作戦なんだよ」

「どうやって？」

「すでに『サンセット』にはスパイを送り込んである」

「送り込んである……？」

慎治は驚いた。「もう動き出しているんですか？」

「実はな、これは極秘事項なんだが、以前から松井のチームのひとりをスパイに仕立てていたんだ。ちょっとした弱みを握って、情報を引き出せるようにした」

「それって、お店のこととかも調べるんですか？」

「冗談じゃないよ。産業スパイじゃないんだ。そんなことしたら、本当の犯罪行為だ。万が一そんなことが知れたら松井だって黙っちゃいない。マジで法律問題になる。あくまでもチームの情報を収集するだけだ」

「なんだ……。遊びなんですね」

「君は何もわかっていない。みんな本気なんだよ。もしスパイであることがばれたら、その店員は、松井からきついペナルティーをもらうはずだ。しばらくの間、兵站《へいたん》か輸送に回される」

「ヘイタン……？」

「つまり、みんなの食事代を払い、荷物持ちをやらされるということだ。これは痛いぞ。ゲームの後の飲み会の費用を全部持たされることになる」

「へえ……」

「みんな本気でやってるんだよ。だから面白い。遊びだからっていい加減にやっていたら時間の無駄にしかならん」

「それ、よくわかります。古池先生からプラモの作り方を教わったときもそうでした」

「だから、訓練も本気でやってもらう」

「はい……」

慎治は、なんだかわくわくする気分だった。里見の背後に、また新しい世界が広がっている。その世界では、誰もが夢中で何かをやっている。

「明日の夜、七時だ。こっちへ来てくれ。地図のコピーを渡すから」

慎治は、里見についてレジカウンターに向かった。

地図をポケットに入れ、慎治は自宅へと足を向けた。

日が傾き、郊外の町はのどかな雰囲気だった。商店街へ買い物に行った人々がポリ袋をぶらさげて行き交っている。子供の手を引いた主婦が多い。

歩道で立ち話をしている主婦の姿も目につく。子供たちは公園で遊び、女子高生たちがファーストフードの店先に集まっている。

これほどのんびりとした気分で風景を眺めるのは、実に久しぶりだった。慎治は、外の風景を眺めていなかった。自分の心の中だけをのぞき込んでいたのだ。

今、少しずつだが、気分が解き放たれつつある。

慎治は、マンションの前に誰かが立っているのを見た。慎治と同じ中学の制服を着た女生徒だ。

胸が高鳴るのを感じた。頭に血が上り、顔が火照《ほて》った。

岡洋子だった。

慎治はE組で、岡洋子はB組だ。クラスは違うが、慎治はずっと岡洋子のことが気になっていた。おとなしい慎治とは対照的で、洋子は明るく活発な子だった。

気になっていたといっても、別に行動を起こしたわけではない。慎治にはそんなことはできなかった。ただ、朝礼のときに姿を眺め、あるいは、たまに廊下で姿を見かけるときに、胸をときめかせるのがせいぜいだった。明るい洋子は、常に誰かといっしょだった。

いつも楽しげにおしゃべりをしている。

慎治は、劣等感を覚えた。その劣等感と憧れがいっしょになって、切なささえ感じるのだった。

洋子は慎治のことなど何とも思っていない。慎治はそう思っていた。

その洋子が今、慎治の自宅の前にいる。偶然だろうと慎治は思った。そのまま通りすぎようとした。

何か声をかけたほうが自然なのはわかっているが、とても自然になど振る舞えなかった。ぎこちなく通りすぎようとする慎治に、洋子が声をかけた。

「渋沢くん」

慎治は、立ち止まった。照れくささのせいでまともに洋子を見られない。

「なに……？」

「ちょっと話があるの」

「何だ？」

ついぶっきらぼうな口調になってしまう。自分でもどうしようもなかった。

「あたし、あなたのことが気になっているの」

心臓がどきどきした。

「何のことさ……」

洋子は、苛立たしげにため息をついた。

「あたしのこと、いつも見ててくれるでしょ……。だから……」

慎治は、すっかり驚いてしまった。まさか、洋子が気づいているとは思っていなかった。

何を言っていいかわからなくなった。

「だから、あたしも、あなたのことが気になっていたのよ。いろいろ苦労しているみたいだし」

「苦労？」

「あの三人組のことよ」

慎治は、うろたえた。

「三人組って、何だよ……」

「武田くんたちのことよ。武田くんに小乃木くん、そして佐野くん……」

「その三人がどうしたっていうんだ?」

「あなたをいじめているでしょう?」

「そんなこと……」

「あたし、あなたのこと気にしてたからわかるのよ」

慎治は、何もこたえなかった。眼を合わせるのが照れくさく、ふてくされたように下を向いていた。

洋子が一歩近づいてきた。

「ねえ、あたしのこと、どう思っているの?」

「どうって……」

「大切だと思ってくれる?」

「え……。それ、どういうことさ……」

「そうじゃないの?」

「いや……。だから……」

「なあんだ……。あなた、いつもあたしのこと見てるから、てっきりあたしに好意を持ってくれているもんだと思っていたわ」

好意を持っているという言い方が、大人びて聞こえた。

慎治は、思ってもいない展開で、すっかり度を失っている。だが、ここが大切な局面であることはわかっていた。

彼は、言った。

「思ってるよ……」

「なあに、聞こえないわ」

「思ってるってば」

「どう思ってるの？」

「だから、君のことを大切だと……」

「なら、あたしを守ってくれるわね？」

「守る……？」

「そうよ」

「何から守るのさ？」

「武田くんから」

「話がわかんないよ」

「あたし、サッカー部のマネージャーをやっているの」

「知ってるよ」

「この間、武田くんと部室にふたりきりになってね。そのとき、襲われかけたの」

「襲われかけた……？」

「レイプされそうになったのよ」

もちろん、慎治はレイプという言葉を知っていた。だが、それは、自分とはまったく無縁の言葉だと思っていた。思いを寄せている女の子の口からそんな言葉を聞くとは思ってもいなかった。

慎治はショックを受けた。

洋子がレイプなどと言ったこともショックだったし、武田にレイプされかかったという事実もショックだった。

ひどく落ち着かない気分になった。何かしたいが、何をしていいかわからない。自分には何もできないという苛立ちがあった。

「それで……？」

思わず慎治は尋ねていた。

「逃げたわよ。危なかったけどね。そのとき、あたし、言っちゃったの。こんなことすると、渋沢くんをいじめていることを先生に言うわよって」

慎治はひどく恥ずかしくなった。思わずまた眼をそらしていた。洋子が、いじめのことを知っている事自体が恥ずかしかった。自分がひどく情けない男に思えた。

「つい、言っちゃったのよね。それで、何とか逃げられたんだけど……。このまま済むとも思えないから……」

「このまま済むとは思えないって？」

「何かの方法で、口止めに来るかもしれないでしょう。あたし、先生に言うって言っちゃったのよ」

「考えすぎじゃないの？　どうってことないよ……」

慎治は、まだ洋子の眼をまともに見られない。

「考えすぎとか、そういうことじゃないの。あなたにはっきりと言ってほしいの」

「何を……？」

「あたしをあの三人から守るって」

「僕にそんな……」

「できるできないじゃないの。そう言ってほしいんだってば」

慎治は、うろたえていた。

どうしてこんな展開になったのだろう。考えたところでどうしようもないが、つい、そんなことを考えていた。

何か結論を出さなければならない。洋子がこうして会いにきてくれたことは、たまらなくうれしかった。だが、有頂天になるわけにはいかなかった。

小乃木たちが、洋子に何かするかどうかはわからない。だが、この際、そういうことは問題ではないのだ。

慎治が意思表示するかどうかが問題なのだ。

(つまり、あの三人と戦えってことか)

慎治は、古池の言葉を思い出した。

「殺されるくらいなら、殺しちまえ」

たしか、そのような意味のことを言っていた。

そして今、慎治は、少しずつだが変わりはじめていた。巨大だった小乃木たち三人の影が、次第に小さくなりつつある。

洋子が、どういう思いで自分に会いにきたのかはわからなかったが、これが大切な瞬間であることは間違いなかった。この機会を逃せば、二度と洋子のほうから話しかけてくれることなどないような気がした。

慎治はついに顔を上げ、まっすぐに洋子を見た。相手の眼を見つめた。

そして、慎治はうなずいた。

「いいよ。僕が守るよ。何かあったら、僕があの三人を相手にするよ」

洋子は、にっこりと笑った。

「そう言ってくれると思った」

その笑顔は、何ものにも代えがたいような気がした。

「だけど……」

慎治は言った。「君も、身の回りに気をつけてくれなきゃ困る」

「わかってる。じゃあね……」

洋子は、くるりと背を向けた。スカートがひらりと翻る。白い太腿が見えた。

洋子は、去りかけて、また振り向いた。

「あのね……。あたし、武田くんのこと、いいなって思ってたんだ。サッカー部のスターだし。でも、がっかり……。あなたのほうが、いいわ」

洋子は走り去った。

慎治は、発熱したような顔でその洋子の後ろ姿を見送っていた。


部屋に戻ると、慎治は、ベッドに身を投げ出し、枕を抱きしめた。洋子を抱いているような気分になっていた。

幸福感が全身を駆けめぐっている。

完全な片思いだと思っていたのだが、どうやらそうでもなさそうだ、と慎治は思った。

何だか信じられない気分だった。

岡洋子の一挙一動を思い出していた。残念ながら、あまり覚えていることはなかった。

慎治は、ほとんど眼をそらしていたのだ。

だが、その印象は鮮烈だった。あれほど間近に洋子の顔を見たのは初めてだった。いつも遠くから眺めているだけなのだ。

洋子のことを思い出すだけで、胸が疼《うず》き、血が熱くなる。

(明日は学校へ行こう)

慎治は思った。(岡洋子のためにも、学校に行かなきゃ……)

ふと、慎治は、洋子に利用されているんじゃないだろうか、と思った。

洋子が武田に襲われそうになったことと慎治は関係ない。洋子が勝手に慎治の名前を出したというだけのことだ。

しかし、利用されているだけでもいいと慎治は思った。好きな女の子を守るというのは、男の夢だった。まるでロールプレイング・ゲームの主人公のようだ。

今の慎治は、その興奮の中にあった。

しばらく、そのうっとりとした高揚感にひたっていたが、やがて、現実の問題がその高揚感を冷ましていった。

どうやって洋子を守ればいいのだろう。相手は三人。しかも狡猾で力もある。武田は体力があるし、小乃木は、なかなか弱みを見せない。

もし、三人が、洋子に対して何らかの暴力を振るったら……。

慎治にはとても助ける自信はなかった。これまで、武田に何度も殴られたことがあった。とても反撃などする気にはならない。

洋子はレイプされそうになった。その場面を想像した。ひどくやるせない気分になった。身悶えするくらいだ。

小乃木たち三人が、洋子を犯している。その場に慎治がいる。慎治は、殴られ手足を押さえつけられ何もできない。その目の前で洋子が……。

その想像は、自分がいじめられるよりみじめだった。自分の無力さがつくづくいやになる。

三人に対する恐怖感もある。

これまで、さんざんに殴られてきたのだ。そのために、死ぬことまで考えた。その恐怖感は簡単にはぬぐい去れない。

特に武田は、暴力的な男だった。慎治を一番多く殴っているのは武田だった。

「レイプされそうになったの」

洋子のその一言を思い出した。いつも自分を殴っている武田が、洋子に襲いかかった。その場面を想像して、慎治は、また身悶えした。

小乃木将太、佐野秀一、武田勇……。これまで、慎治はこの三人の言いなりになるしかなかった。そして、今もたしかに恐怖を感じていた。あの三人のことを考えるだけで気分が暗くなる。

しかし今、慎治は、これまでとは違った気持ちをはっきりと意識していた。それは、腹の底からわき起こってきていた。

暗いじめじめした気持ちではない。もっと乾いた激しい感情だ。

怒りだった。

17

土曜日と月曜日、学校を休んだので三日学校から離れていたことになる。だが、慎治は、もっと長い間休んでいたように感じた。

登校するときに、何か新たな覚悟のようなものをはっきりと意識していた。体に力が漲《みなぎ》っていたし、気分もずいぶんと軽かった。

学校にはこのところ悪いイメージしかなかった。だが、古池や洋子のお陰で、少しは悪くないものに変わりつつある。特に、洋子の影響は大きかった。

廊下で会ったら、また何か話ができるだろうか？

そう思っただけで、心が躍った。今までは、遠くから眺めるだけが精一杯だったのだ。もしかしたら、休み時間や放課後にふたりきりで会ったりもできるかもしれない。

肩を並べて下校するようなことも、夢ではないような気がした。

慎治は、明るい気分で学校へ向かったが、その気分は、確固としたものでは決してなく、たやすく揺れ動くようなあやういものだった。

教室に着き、小乃木将太たち三人の姿を見たとたん、いっぺんに気分が暗くなった。恐怖がよみがえる。

慎治は、顔を伏せたまま自分の席に向かった。クラスメートたちの談笑が遠く聞こえる。佐野秀一と武田勇は、いつものように将太の席のそばに立っていた。将太だけが座っている。

慎治は彼らを無視していた。三人は、将太の席のほうから、ちらちらと慎治を見ている。慎治はそれを意識していた。

三人は、クラスの中では、あまり慎治に接触しようとはしない。他のクラスメートの眼を気にしているのだ。彼らが慎治のところにやってくるのは、昼休みや放課後だ。それも、教室の外であることが多い。

古池が教室にやってきてホームルームが始まった。

慎治は心底ほっとした。古池は、いつもと変わらない。慎治に対して特別な態度を見せたりはしない。慎治との間であったことを本当に忘れてしまったような態度だった。

だが、慎治は安心していた。古池は、慎治がいじめられていることを知っていた。そして、慎治をその閉塞した暗く重い世界から引き出してくれたのだ。

今夜は、古池とともに里見の訓練を受けることになっている。

考えてみれば、学校にいても一日中いじめにあっているわけではないのだ。三人にいじめられている時間などごくわずかなものだ。それ以外の時間は、いつやつらが何かを言ってくるかを恐れているに過ぎない。

そんなことにも気づかなかったのだ。

世の中には、自分よりずっとひどい目にあっている子供だっている。同じいじめにしても、クラス中から無視をされるという類のいじめがある。これは、今の自分よりずっと耐えがたいはずだと慎治は思った。

クラスの中に親しい友達がいるわけではないが、慎治は、露骨に無視をされたり嫌われたりしているわけではない。

見方を変えてみることが大切だということは、見方を変えてみて初めてわかる。

慎治は、自分をそこまで導いてくれた古池に感謝していた。


その日は結局、洋子の姿を見ることはなかった。B組を訪ねてみようかとも思ったが、実際にはそんな度胸はなかった。慎治は、ひどくいい気分であると同時に、疑ってもいた。彼はたやすく有頂天になるタイプではなかった。常に何かを恐れ、何かを疑っている。

それは、気が弱いせいだと自分では思っていた。

将太たちは、やはり放課後にやってきた。将太と秀一は帰り支度をしており、勇はサッカーのユニフォームを着ていた。ユニフォームはレギュラー選手だけに許されている。勇は、ユニフォーム姿になると、いつにもまして自信たっぷりに見えた。

「どうして休んでいたんだ？」

慎治を校舎の裏に連れていくと、秀一が尋ねた。

いつものように、将太は一歩下がったところにひっそりと立っている。

この三人の前に出ると、気分が萎えるのを感じた。しかし、以前のように最悪の気分ではない。慎治は、勇を見た。洋子に抱きついた男……。

慎治の心の奥に怒りの炎がかすかに燃えていた。

「体調が悪かったんだ」

「そうか……。そりゃいけねえな……」

秀一が言った。狡猾そうな笑いを浮かべている。「俺たちは、心配していたんだよ。本当だ。俺たちは友達だからな」

慎治にはひどく悪い冗談に聞こえた。

「体調が悪いって……」

勇が言った。「運動不足じゃねえのか？　少しは体、鍛えたほうがいいぞ」

慎治は、じっと勇を見つめた。その眼に、知らずしらずのうちに憎悪が宿っていた。

「何だよ、その眼は」

勇は、即座に反応した。慎治のそういう態度は、勇を刺激した。「俺が鍛えてやってもいいんだぞ」

勇は、慎治の肩を強く突いた。慎治の体がよろける。慎治は、逆らわない。だが、憎しみの眼差《まなざ》しは変わらない。

(こいつが、岡を……)

「気にいらねえな……」

勇は、もう一度慎治の肩を押した。慎治は後ろに下がり、背中を校舎の壁に押しつけられる恰好になった。

その前に、勇が立ちはだかった。

「この野郎。何でそんな眼で俺を見るんだよ」

勇は、いきなり、拳《こぶし》を慎治の腹に叩き込んだ。

ショックがあり、息が詰まった。

だが、それだけのことだった。

それは、不思議な瞬間だった。同じことをされているのに、以前よりダメージが少ない。

勇は、続いて慎治の頬を張った。

ぴしゃりという音がして、目の前でストロボを焚《た》かれたように感じる。頬がじんと痺《しび》れた。

だが、やはり、それだけのことでしかなかった。

勇に殴られるたびに、怒りの炎が大きくなっていく。血が熱く感じられた。

殴られてもひるまない慎治に、勇は腹を立てたようだった。

「この野郎……。生意気な態度だ」

勇は、拳を握って慎治の顔面を殴ろうとした。

将太がその腕を後ろからつかんだ。

「よせよ」

勇は、怒りにかられて鋭く振り返った。だが、それが間違いだったことにすぐに気づいた。怒りのやり場に困ったように肩を揺すると、さっとそっぽを向いた。

将太は、手を離した。じっと慎治を見ていた。勇の怒りには関心がなさそうだった。

「休んでいる間に何があった？」

将太が慎治に尋ねた。

「別に何も……」

「そうか？　俺にはそうは思えないな」

「何もないよ。体調が悪いから寝ていただけだよ」

「金曜日に、古池といっしょに帰ったな」

「ああ……」

「何を話した？」

「別に……」

「おれたちのことを話したのか？」

「しゃべってないよ、そんなこと」

「本当だな」

「本当だよ。僕はしゃべっていない」

将太は慎治を見つめつづけている。いつしかその顔に薄笑いが浮かんでいた。しばらく間を取ってから、将太は言った。

「まあいい。古池に話したところで、何が変わるわけじゃない」

慎治は、無言で将太の顔を見た。

不思議なことに将太は将太でしかなかった。今までは、別なものに感じられていた。もっと大きな存在に思えていたのだ。

「いいか」

将太は、笑いを浮かべたまま言った。「何か勘違いしていたらいけないから言っておくよ。おまえが、古池に何を言ったってどうしようもないんだ。俺たちは、善意でおまえと付き合っている。古池にはそれ以上のことを証明することはできない。先生の中にも落ちこぼれはいるんだ。ああいう先生の発言は常に少数派でしかない」

これまでは、将太の言うことがすべてだった。しかし今、将太の言っていることがすべて正しいとはとても思えなかった。

落ちこぼれというのはどういうことだろう。たしかに、古池は、学校ではぱっとしないかもしれない。やる気もあまりあるとは思えない。

だが、古池のモデリングの腕は一流だ。そして、たしかにひとつの世界を持っている。面白い友人も持っている。その友人と何かを分かち合い、世界を共有することができる。古池の素顔を知った今、彼がつまらない人間だとは思えなかった。そればかりか、これまでに会ったことのない類の大人だと感じていた。

慎治は、それを言葉には出さなかった。だが、将太の言うことを受け入れていないことは、将太にも伝わったようだった。

将太は笑いを消し去った。

「おまえが、古池に何を言っても無駄なんだよ。古池には何もできない。そのへんがわかっていないようだな。だが、そのうちに理解するさ。おまえの生活は変わらない」

「だから……」

慎治は言った。「僕は、何も言っていないってば……」

将太は、また、じっと慎治を見つめた。やがて、彼は、秀一と勇に言った。

「行こう。塾へ行く時間だ」

「けどよ……」

勇がいまいましげに言った。将太がそれを遮った。

「おまえも、部活の時間だろう。さ、行くぞ」

将太は、慎治に背を向けると歩きだした。秀一と勇はあわててその後を追った。勇と秀一は、何度か慎治のほうを威圧するように振り返ったが、将太は一度も振り向かなかった。

慎治は、ほっと息をついた。

殴られたところは、もう痛んではいない。いつもより、ショックが少ないのをはっきりと意識していた。

慎治は、ダメージの大部分が心理的なものであることを知った。恐怖が痛みを作り出しているのだ。

そして、怒りは、恐怖に勝つための妙薬であることに気づいた。慎治は、勇をはじめとする三人に怒りをつのらせていた。

(僕のことをいじめていればいいさ)

慎治は、全身が熱くなるのを感じながら思った。(僕に関わっているかぎり、岡までは気が回らないだろうからな)

「何だよ、あいつ……」

秀一がふてくされたように言った。「何か変だったな……」

将太はじっと何事か考えている。

「ぶん殴っちまえばよかったんだよ」

勇が言った。「あいつ、生意気だったからな……」

将太はこたえようとしない。秀一と勇は、将太が何を考えているかわからず、不安になった。

三人は無言で歩いた。

勇は、校門に向かうふたりと別れてグラウンドに行かなければならない。そのタイミングを計りかねているようだった。

勇がふたりと別れようとして、何か言いかけた瞬間、将太が言った。

「おまえが言ったことと関係があるのかな……？」

「え……？」

勇が思わず聞き返した。

「渋沢だよ。あいつ、態度が変だった。今までのあいつじゃない。何かあったんだ。古池が何か言ったのかもしれない。だが、それだけじゃないような気がする。岡洋子がおまえに言ったことが何か関係しているのかもしれない」

「どういうふうに……」

「さあな……。だが、想像はできる。古池と岡洋子は、渋沢の味方になったということかもしれない」

「まさか……」

勇が言った。「古池は担任だからわかるけど、岡が渋沢に味方する理由はないよ」

将太はまた、しばらく考えた。

「理由は何かあるかもしれない。これは、少しばかり慎重にならなければいけないかもしれない」

「慎重に……?」

勇が鼻で笑った。「何も怖がることはないさ。いつもそう言ってるのは、小乃木くんじゃないか。渋沢なんてぶん殴ればいいし、岡だって、ちょっと脅せばいいんだよ」

秀一が言った。

「俺、岡をやっちまうって話、けっこう興味あるな」

将太は、ふたりに冷ややかな視線を投げてから言った。

「とにかく、やり方は俺が考える。ふたりとも軽はずみに動かないでくれ。でないと、この先の学校生活を棒にふることになるぞ」

秀一と勇は、顔を見合わせた。

「わかったよ」

秀一が言った。勇は何も言わなかった。

将太は、ふたりのほうを見ずに校門を出た。


慎治は、時間どおりに地図の場所に出掛けた。午後七時。町のはずれにある大きな公園だった。

日が暮れると、遊んでいる子供の姿もなくなる。通行人も少ない。その代わり、高校生くらいのアベックが目につくようになる。

小さな池があり、丸太を模したコンクリート製の柵がそれを囲んでいる。その柵の脇を遊歩道が続いていた。

芝生を敷きつめた広場があり、それを木々が囲んでいる。水銀灯の明かりが芝生を照らしている。緑が強調されて美しい。

その広場に、十人ほどの人が集まっていた。彼らは、手にライフル銃を持っている。腰にはガンベルトを巻き、それにホルスターを吊《つ》るしていた。

ホルスターの中にも拳銃が入っている。迷彩服を着ており、異様な集団だった。

その中に、里見と古池がいた。

里見は、慎治の姿を見て、片手を挙げ笑いかけた。

「やあ、よく来たな」

古池は、にこりともしない。ただ、うなずいて見せただけだった。彼だけがジーパンにポロシャツという出で立ちだった。

集団の中には、女性も三名いた。いずれも若いが、慎治から見ればれっきとした大人たちだ。

「こんな恰好で公園に集まっていて、だいじょうぶなんですか?」

慎治は、思わずそう尋ねていた。

「だいじょうぶじゃない」

里見は言った。

「え……?」

「警察署には知らせてある。チームを作った当初は、行く先々で警察と揉めたもんだ。誰かが通報しちまうんだな。俺たちは、警察の目の敵にされた。だが、地道な努力というのは実るもんだ。俺は、集会があるたびにちゃんと警察に知らせた。今では、すっかり顔になっちまったよ。警察官の中に、ゲームに参加したいというやつまでいる」

「へえ……」

「さて、君には、まず、基本的なことを覚えてもらう」

「基本的なこと……？」

「団体行動を取るために不可欠ないくつかのルールだ。だが、難しく考えることはない。原則は簡単だ。作戦行動中は命令に絶対服従。これが原則だ。動くなと言われたら、何があっても動かない。前進と言われたら、何が何でも前進する」

「それだけですか？」

「いざとなると、それがなかなかできないんだ。緊張しているし、慣れていないと人の言うとおり動けるものではない。軍隊の訓練というのは、極端に言えば命令のとおりに動けるようにすることなんだ。君の場合は、本番まで間がないから、本格的な訓練をするわけにはいかない。だから、徹底的に味方についていくことを覚えてもらう。本番では、常に俺についているんだ」

「はい……」

「走れと言われたら走れ、伏せろと言われたら、すぐに伏せるんだ」

「犬の訓練みたいですね」

　里見はにやりと笑って見せた。

「そう。犬の訓練と同じなんだよ。本当の軍隊では、兵士をまず犬のレベルまで落とす。個人的なプライドだの自我だのを叩き出すんだ。そうしておいて、ひっぱたきながら規律と技術を教えていく。いい兵士というのは、やる気のある兵士ではなく、命令を遵守《じゅんしゅ》する兵士なんだ」

「厳しいんですね」

「何事も甘くはない。時間がないので、そのあと、君にはすぐに格闘技の訓練に移ってもらう。教官を紹介しよう。おい、袴田《はかまだ》、来てくれ」

「イエッサー」

小柄な男が歩み出た。背は高くないが、タンクトップを着ていたので、肩の筋肉が丸く盛り上がっているのがわかった。

「こいつが、格闘技の専門家だ。武道オタクなんだ。空手をはじめ、いろいろな格闘技の経験を持っている。自分なりに、軍隊の格闘技を研究した。実際に、アメリカ海兵隊のマーシャルアーツや、米陸軍の格闘術に通じている」

「へえ……」

袴田と呼ばれた男の行動はきびきびとしていた。

「気をつけだ」

里見が慎治に言った。

「え……」

「袴田は、おまえの教官だ。今後、教官や上官の前では常に気をつけをしているんだ」

慎治は、あわてて言われたとおりにした。

18

慎治は、まず、気をつけと休めの姿勢を学び、礼の仕方を習った。礼には、室内用と屋外用の礼がある。室内用には、十度と四十五度のふたつがあり、四十五度のほうは、棺《ひつぎ》と天皇への礼だという。

これは現在、自衛隊で教えられている礼法だと袴田は説明した。屋外の礼は、挙手の敬礼だ。手首を曲げず、指先をさっと額にもってくる。ただそれだけの礼だが、恰好がつくまでには時間がかかる。

慎治は、やりかただけを教わり、鏡でも見て練習するようにと言われた。

返事は、大きな声ではっきりと、「はい」または、「イエッサー」と言う。これが、里見チームのルールだという。返事をはっきり言うことは、集団行動の際たいへんに重要なことなのだ。

「本格的な訓練をするわけではないということなので、さっそく、格闘訓練に移ろう」

袴田が言った。

「はい」

慎治はさっそく大きな声で返事をした。

袴田は、ほほえんでうなずいた。

「その調子だ。これまでに、何か武道や格闘技をやったことは？」

「ありません」

「運動は？」

「ありません」

「そうか。いいだろう。では、実戦的なテクニックをいくつか教えよう。それだけを覚えればいい」

「はい」

「軍隊の格闘技は、空手をベースにしたものが多い。アメリカ海兵隊のマーシャルアーツもそうだ。自衛隊の格闘訓練もそうだ。空手が実用的だと考えられているからだが、実は、空手の蹴りや突きを正しくマスターするだけでも数カ月かかってしまう。君にそれだけの時間的な余裕はない」

「はい」

「また、格闘技の経験がないということだから、複雑なテクニックを教えても身につかないだろう。俺がこれから教えるのは、中国拳法の秘伝だ」

「はい……。でも、あの……」

「何だね？」

「中国拳法って、空手なんかよりマスターするのに時間がかかるんでしょう。マンガで読んだことがあります」

「マンガ？　おそらく、『拳児』か何かだろう」

「ええ……」

「最近は、ゲームの『バーチャファイター』なんかの影響で、中国拳法のことが一般に知られるようになった」

袴田は、うれしそうに説明を始めた。「中国拳法に限らず、どんな武術でも極めるには長い年月が必要だ」

「その中国拳法の秘伝というと、すごく難しいんじゃないですか？」

「難しい秘伝もある。例えば寸勁《すんけい》だ。これは、一朝一夕にはマスターできない」

「スンケイ……？」

「ほとんど相手に拳や掌《てのひら》が触れるような位置から打ち込むことだ。発勁《はっけい》を使う。発勁は知っているか？」

「聞いたことはあります。でも、どんなものかは知りません」

「中国拳法には、南派と北派がある。揚子江《ようすこう》を境にその北で行われていた拳法を北派といい、南で行われていたものを南派と呼ぶ。南派は力で打ち、北派は勁で打つと言われている。この勁というのは、実は、体のスナップなどの合理的な動きで筋力プラスアルファの破壊力を得ることを言う。勢いを利用すると言えばわかりやすいかな……。人間の体はうまくできていて、関節のスナップを利用することで大きな破壊力を発揮できるんだ。また発勁では呼吸法も重視するが、これも、何も難しいことじゃない。日常誰でもやっていることだ。力を出してふんばろうとするときは、必ず呼吸を止めている。剣道でも空手でも打ち込むときに気合を出すが、これは、呼吸を一気に吐きながら打ち込むことで勢いが得られる。そのための工夫なんだ」

里見は、袴田のことを武道オタクだと言った。こういう説明をするのがうれしくてたまらないようだった。

慎治は、黙ってその説明を聞くことにした。

「発勁には、沈墜勁《ちんついけい》あるいは沈身勁《ちんしんけい》と呼ばれるもの、十字勁《じゅうじけい》と呼ばれるもの、そして、纏絲勁《てんしけい》とよばれるものの三種類がある。沈墜勁というのは、下半身を安定させて身を沈め、勁をしっかりと溜めることを言う。十字勁というのは、沈墜勁によって溜めた勁を四肢によって四方八方に解き放つこと。纏絲勁というのは、体の螺旋《らせん》の動きに沿って勁を発することだ。わかるか？」

「さあ……」

「まあ、そうだろうな。簡単に言うと、沈墜勁というのは、姿勢を低くすることによって力を溜めるんだ。ジャンプするときは、膝を深く折って姿勢を低くするだろう？　沈墜勁というのは、その状態を常に作ることだと思えばいい。姿勢が低く安定していなければ、瞬発力を発揮できないんだ。十字勁というのは直線的な発勁だ。そして、纏絲勁というのは、関節のすべてのひねりを破壊力に応用するということだ。地面を踏みつけるときの足首のひねり、膝のひねり、腰のひねり、背の螺旋の動き、肩のスナップ、肘、手首のスナップ、拳のひねり、そうしたすべての回転を一瞬にして行うことで、破壊力を得る。複雑な動きを一瞬のうちに行うために、呼吸を利用するわけだ。空手の基本の突きは、拳をひねるのを知っているか？　あれは、纏絲勁の名残だと俺は思う。中国の武術が沖縄に伝わったとき、その訓練法も伝わったのだろう。だが、空手の正拳突きと、太極拳などの纏絲勁を見るとかなり違っている。太極拳の突きも、動作の始めと終わりは、空手の正拳突きに似ているが、もっと鞭《むち》か何かをぶるんと振る感じなんだ。民族性の違いか、歴史の違いか、あるいは、技術が伝わる途中に形だけが伝わり、その理念が失われたということなのか……。そこんとこは、俺にもわからないけどね」

慎治は、半ば呆《あき》れて話を聞いていた。袴田の話の内容より、知識の豊富さに驚いていた。

袴田は、そんな慎治の様子に気づいたようだった。

「ああ……。これから教える技のことだったな。心意把という拳法の一種だ」

「シンイハ……？」

「中国拳法と一口に言うがな、いろいろな系統が入り乱れている。さっき言った南派北派というのは地域による分け方だが、そのほかにも幾通りかの分け方がある。内家拳と外家拳という分け方もある。内家拳は、一般に太極拳、形意拳《けいいけん》、八卦掌《はっけしょう》の三門のことを指す。これは、内功といって体の内側を練《ね》る拳法で、呼吸法や勁を大切にする。外家拳は、体の筋骨を鍛える拳法を指す。もともと、内家というのは、仏教の在家信者のことで、外家というのは出家信者のことだ。そのことから、少林寺で発達した少林拳を外家拳と呼び、それ以外の拳法を内家拳と呼んだのだという説もある。もうひとつは民族による分け方だ。中国武術の世界においては、回族が大きな役割を果たしている。回族というのは、中国の中のイスラム教徒だ。一説によると、陳家《ちんか》太極拳や八極拳、心意六合拳《しんいろくごうけん》などは、回族の武術だったそうだ。心意把というのも、その一種だ。これから教えるのは、その心意把の中の必殺技だ」

「どんな技なんですか？」

袴田は、にやりと笑った。

「簡単だよ。頭突きと体当たりだ」

「それが秘伝なんですか？」

「そうだ。人間の体の中で一番強力な武器になるのはどこだと思う？」

「拳ですか？」

「違うな。拳というのは、思ったよりずっともろいもんだ。喧嘩の経験のある者なら誰でも知っているが、殴り合っているうちにすぐに紫色に腫れあがってしまう。手の甲は、細かな骨が合わさってできていて、精密な作業には向いているが、もともと武器として使うには華奢なんだ。掌や手の甲には、原穴《げんけつ》と呼ばれる大切なツボがたくさんあって、そこを痛めると健康をそこねる恐れもある」

「じゃあ蹴りですか？」

「足は、手よりも強力だが、人間は二足歩行をする動物だ。片方の足で立つことになる蹴りというのは本来ひどく不安定なんだ。それを克服するためには、長年の訓練が必要だ。それに、足場の悪い場所で蹴り技を使うのは、きわめて危険だ。街中《まちなか》のアスファルトの上でさえ命を落とす危険がある」

「どうしてですか？」

「蹴り足を取られた状態で軸足を刈られたりしたら、頭からアスファルトの上に落ちるような恰好になる。アスファルトに後頭部を強打したら、生命の危険があるんだ」

「じゃあ、一番強力な武器って……」

「人間の体の中で一番質量のある部分というのは、頭なんだ。頭蓋骨というのは厚いし、丈夫な球の形状をしている。これを利用しない手はない」

「でも、頭って危険なんでしょう？」

「コンクリートや木にぶつけるのは危険だ。だが、相手が人体なら強力な武器になる。体当たりも同様だ。うまくすれば、相手の全身に打撲傷を作ることができる」

「へえ……」

「単純で強力。だからこそ、勇猛な回族が必殺技としたんだ。さて、それじゃ、さっそく練習に入ろう。頭突きも体当たりも、他の技といっしょだ。技を出すときに、こちらの体勢が優位でなければならない。そのために大切なのは何かわかるか？」

「さあ……」

「考えるんだ。考えることが上達を早くさせる」

そう言われても、慎治は格闘技の経験などない。『バーチャファイター』を思い出してみたが、わからない。

あれこれ考えていると、先程の袴田の言葉が頭の中をよぎった。

「姿勢を低くすることですか？」

袴田はにっこりと笑った。

「正解だ。本当は、姿勢じゃなく、意識を低くする。武術の世界では、気を臍下丹田《せいかたんでん》に落とすというのだが、意識を低くするだけで、重心を安定させることができる。一流の剣術家などは、これを会得《えとく》している。だが、それは高等技術だ。初心者は、まず、実際に腰を落として姿勢を低くするところから始めなければならない。そのことに気づくとは、かなり見込みがあるな」

慎治は、褒められて照れくさかったが、いい気分だった。これまで、覚えることの大切さを教えてくれた大人はいたが、考えることの喜びを教えてくれた大人はいなかったような気がした。

「姿勢を低くして体勢を保つことによって、出会い頭《であいがしら》の技も自分の技にできる」

「出会い頭の技を自分の技に……？」

「宮本武蔵が『五輪書《ごりんのしょ》』の中で、当たるというのと打つというのは違うのだとはっきり言っている。戦いの中では、一、二の三で同時に技がぶつかることがよくある。そんなとき、勝敗を決めるのは、体勢だと言っていい。たとえ相討ちでも、体勢がしっかりしているほうのダメージがはるかに少ない」

「はい……」

「ではやってみよう。これは、空手の基本でもあり、中国武術の基本でもある。空手では騎馬立ちといい、中国武術では馬歩《まほ》という。こうやるんだ」

袴田は、両足を広げて腰を落とした。相撲《すもう》の四股《しこ》のような立ち方だが、四股と違うのは、足先が両方とも正面を向いている点だった。

慎治はやってみた。両脚の外側にかなりの負担がかかる。つい、膝が内側に折れてしまう。

「意識して膝を外に張り出すんだ。足先を正面に向けるのは最初はかなりきつい。どうしても足が開いてしまいがちになる。だが、それを我慢することで、足腰の柔軟性とバネが得られるんだ」

「はい」

「すぐに足ががくがくいうほど疲れるはずだ。日常ではあまり使わない筋肉だからな。だが、毎日やることですぐに慣れる。強くなりたいのなら続けることだ」

「はい」

「この立ち方は、あくまで基本で実戦には役立たないという人が多い。だが、俺はそうは思わない。ブルース・リーを知っているか？」

「いいえ……」

「そうか。そういう時代なんだな……。じゃあ、ジャッキー・チェンは？」

「テレビで映画をやってました。見たことがあります」

「ジャッキー・チェンは、目まぐるしく動き回るアクションを売り物にしているが、技を決めようとするときに、必ず馬歩に似た姿勢を取っている。ブルース・リーというのは、間違いなく天才格闘家だったが、彼の構えは、馬歩だった。ただ、馬歩で正面を向いて構えるわけじゃない。馬歩の姿勢のまま、相手に対して半身《はんみ》で構えるんだ」

「半身……？」

「こうやるんだ」

袴田はやってみせた。

両足を開いて腰を落とし、慎治に対して完全に横向きになった。首だけを慎治のほうに向けている。

様《さま》になっていた。袴田は、その状態からステップを踏み、目まぐるしく足を入れ違えたりした。

「こうすることで、相手の動きに充分に反応できる。これがブルース・リーのステップだ」

慎治は真似してみた。

ステップ・ワークがうまくいかない。袴田は笑った。

「すぐには無理だ。まずは、立つことだけを考えるんだ。その姿勢をキープできれば、さっき言ったように、相討ちでも自分の技にできる。実はな、実戦ではこの相討ちのタイミングというのはかなり大切なんだ」

慎治は、考えていた。考えることが楽しくなっていた。

「相討ちでも、こちらの体勢がしっかりしていれば、自分のダメージが少なく、相手のダメージが大きい……」

「そういうことだ。さらに、それを突き詰めていけば、同じタイミングでも相手の技を食らわないようになる。見切りというんだ。そうなれば、もう術のレベルだ。相手は、攻撃グを仕掛けた瞬間にカウンターを食らうことになる。これは、誰も対処できないタイミングだ。古流の剣術の奥義はたいていそういう技だ。だから、まず、相討ちのタイミングを狙う」

「はい」

「相手を恐れていたり、相手の動きに合わせていたら、相討ちすら狙えない。あくまでも、こちらから仕掛けるつもりでいることだ。まずは、受けることとかさばくことなど考えなくていい。その代わり、一撃で大きなダメージを与えることだ。だから、頭突きが有効なんだ」

袴田は、大きなキックミットを取り出した。「さ、馬歩の姿勢からここに頭突きをしてみるんだ」

慎治は、袴田の構えるミットに頭から突っ込んでいった。

さっとかわされ、同時に足を掛けられた。芝生の上に転がってしまった。

「そんなんじゃ、何回やっても当たらない。頭から突っ込むんじゃない。頭を叩きつけるんだ」

慎治は、起き上がって、もう一度やってみた。

やはりかわされた。

「足を一歩進めるんだ」

「はい」

足を交差するように進め、頭を振ってミットに叩きつける。ようやく、頭がミットを捉えた。

「それだ」

袴田が言った。「それを忘れないうちに自分のものにするんだ」

慎治は、何回となく繰り返した。そのうちにノリというか、自主性のような感覚が芽生えてきた。自分のものにする、という袴田の言葉が大きな影響力を持っていた。

「いいだろう。時間がないから、次に進む。同じような足運びで、今度は、肩口から体当たりするんだ」

「はい」

慎治はやってみた。袴田が、キックミットでしっかりと体重を受け止めてくれる。何度かやってみた後に袴田が言う。

「もっと体重を浴びせるように……。キックミットに体重を解放するような感じだ。勢いを殺すな」

「はい」

慎治は、時間を忘れて体当たりを続けた。足が震えてきている。馬歩はそれくらい下半身に負担をかける。

やがて、袴田は言った。

「いいだろう」

キックミットを下ろした。慎治は、息を切らしている。だが、自分では苦しいとは思っていなかった。学びたい、身につけたいという意欲が強いために、肉体的な苦しさをまったく感じなかったのだ。

「君は、今、心意把の中の鷂《よう》子《し》栽肩《さいけん》という技を学んだ」

「え……」

「この技を自分のものにするか今限りのものにして忘れ去るかは君次第だ」

慎治は、何も言えず、袴田を見つめていた。感動が胸に押し寄せてくる。これまで感じたことのない独特の喜びだった。

「中国武術の世界には、千招《せんしょう》を知る者より、一招《いっしょう》に熟達した者を恐れよという言葉がある。いろいろな技を知っている者より、ひとつの技に熟達した者のほうが恐ろしいということだ」

「はい……」

「もうひとつだけ教えておこう。実戦で、今の技を使おうとするときは、目をつぶってでも突っ込んでいけ。相手が技を出そうとした瞬間が勝負だ。相手のパンチが当たろうが蹴りが当たろうがかまうな。突進した者の勝ちだと信じるんだ。そのタイミングをものにするかどうかは、これも、君の問題だ」

「はい」

「行こう。訓練を終えて、皆が集合している」

袴田が背を向けて歩きはじめた。その後ろ姿は、慎治にとっては、単なる武道オタクではなかった。間違いなく大切なことを教えてくれた師の姿だった。

19

慎治はその夜、興奮して眠れなかった。机の上には、ガンダムが立っている。それをまた眺めていた。

このガンダムから世界が変わった。モデリングを通して別な世界が開け、今また新しいことを学んだような気がした。

これまで自分が縛りつけられていた世界というのは一体何だったのだろう。

慎治は思った。それがすべてだった。そこから逃げだすことなど考えたこともなかった。学校は校則と成績で縛る。親は、子供を塾に通わせようとする。

そこには、いじめがある。暴力や恐喝がまかり通っているが、それを誰も管理できない。慎治は、死ぬしかないと本気で考えていた。

今、死ななくてよかったとしみじみ感じていた。

いや、かつての慎治など死んでいたも同然だった。いきいきとした気分を味わったこともなかったし、毎日が恐怖と緊張と閉塞感で支配されていた。

自分から何かをしようという意欲も起きず、それどころか、逃げる気力さえ失っていたのだ。

慎治は今、生き返ったような気分だった。別な人生を手に入れたような気さえする。それは、一時的なものなのかもしれない。またしばらく経つと、恐怖と緊張の波が襲ってくるのかもしれない。

しかし、大切なのは今の気持ちだった。これをしっかりつかまえておけば、たとえまた恐怖と緊張が襲ってきても、きっと立ち直ることができる。

慎治はそのことを学んだ。それは大きな収穫だった。最大の勉強は大人になることを学ぶことだ。だが、学校ではそうしたことを教えてくれないし、家庭でも教えてくれない。

だが、古池はそれを教えてくれたような気がする。

古池は、慎治を子供扱いしなかった。自分の趣味のことを語るとき、大人と話しているような口調だった。おかげで、理解できない部分がずいぶんあったが、そう扱われることが、慎治には新鮮だった。

古池の友人である里見も慎治を子供扱いはしなかった。新たな仲間といった感覚で受け入れてくれたのだ。

そして、袴田もそうだった。子供に教えるように手取り足取り教えたわけではない。やらせてみて、アドバイスを与え、そして、重要な点を説明した。これは、大人に対する指導だ。

それらの出来事が、すべて慎治には驚きだったし、また、その瞬間は気づかなかったがたしかに喜びだった。

今、慎治は生きていることを実感していた。

水曜日の昼休みに、将太たち三人は、校庭の隅の木陰に集まっていた。

彼らは、鬱屈したような表情をしている。楽しい遊びをやっているうちはいい。だが、一度何かの問題が起きると、将太とふたりの間はぎくしゃくしてしまうような感じがした。

将太は、もともと口数の多いほうではない。だが、このところ、ことさらに考え込むことが多くなっていた。

そうなると、とたんに秀一と勇はどうしていいかわからなくなるのだ。

将太は、校庭で遊ぶ生徒たちを眺めている。だが、その眼は何も追っていない。しきりに何かを考えているのだ。

勇が言った。

「なあ、渋沢のやつを連れてこようぜ」

秀一は、小乃木の反応を見た。小乃木は何も言わない。秀一が勇に言った。

「連れてきてどうするんだよ」

「昨日、あいつ、生意気だったじゃねえか。ちょっとヤキ入れるんだよ」

「それより、俺、『ニンテンドウ64』が欲しいんだ。ちょっと小遣いが足りなくてな。また、渋沢に金もらおうか……」

「ムカつくよな、あいつ。なんかすっきりしねえよ……。呼んでこようぜ」

「そうだな……」

「俺、連れてくるよ」

勇が教室のほうに行こうとした。

将太が言った。

「よせよ」

秀一と勇は、同時に将太のほうを見た。将太は、校庭のほうを見たまま言った。

「放っておけよ」

「だって……」

勇が言った。「なんだか、俺、むしゃくしゃしてよ……」

「だったら、佐野でもぶちのめせばいい」

勇は、佐野秀一の色白の顔を見てから言った。

「そんなこと、できるわけねえじゃねえか……」

「どうしてだ？」

将太はゆっくりと勇のほうを向いた。「どうして、渋沢にできることが、佐野にはできないんだ？」

「どうしてって……」

勇は、言いよどんだ。「相手が、渋沢だからできるんだよ」

将太は、かすかに笑いを浮かべた。

勇は、その笑顔の意味がわからず、苛立ちを覚えた。

「頭、来ないのかよ」

勇は、将太に尋ねた。「昨日、渋沢にあんな態度取られて……」

「頭には来ない」

将太は言った。「だけど、不愉快だな……」

「そうだろう？　あいつ、突っ張ってるだけなんだ。もう二、三発殴ってやれば、また言いなりになるさ」

「そうかな？」

「そうだよ」

「おまえはどう思う？」

将太は、秀一に尋ねた。秀一は、曖昧に肩をすくめてから言った。

「どうって……。俺も、武田の言うとおりだと思うよ」

「そうか……」

将太は、また何かを考えていた。

勇が苛立たしげに言った。

「なあ、何を考えているんだ？」

将太は勇のほうを見た。それからおもむろにこたえた。

「理由を考えているのさ」

「理由？」

「渋沢の態度が変わった。あいつは、ずっと俺たちの言いなりだった。なのに、昨日はそうじゃなかった。土曜と月曜、あいつは学校を休んだ。土、日、月の三日間に何かがあったことは間違いない。それを考えていたのさ」

「考えてどうするのさ」

「慎重に振る舞わなきゃ、この先の学校生活を棒に振ると言っただろう。それだけじゃない。内申書が悪くなると、高校受験にも響くことになる。その先の人生も狂ってくるんだ」

「そんな……。大げさだよ」

「大げさなもんか。おまえたちの考えが足りないんだよ。俺たちは、そういう世の中に生きているんだ。小さな失敗が、将来を左右するかもしれない」

「なんか、息苦しくなってくるな、そういう話を聞いていると……」

「例えば、おまえが交通事故にあって、サッカーができない体になったとする。そうすりゃ、おまえの価値なんてなくなる。そうだろ？」

勇は、本当に不愉快そうに将太を見た。将太はにやにやと笑っていた。何も言い返せなかった。

「俺だって同じだ。成績が落ちたら、俺なんて何の価値もなくなるんだ」

「言ってること、わかるけど……」

秀一が言った。「そんなことばかり、考えていられないよ」

「考えないやつはばかだよ」

将太は、相変わらずにやにやしている。

「なんか、やりきれないよ、俺……」

秀一が言った。

「だから、俺たちには渋沢が必要なんだ」

将太は言った。

「必要……？」

「そうだ。俺たちは、将来、人の上に立つ人間だ。渋沢なんかとは、人生の重みが違う。だから、今のうちに、せいぜい俺たちの役に立ってもらわなきゃ。ストレス解消のために、渋沢は大切な存在なんだよ」

「あんなやつでも、俺たちの役に立っているというわけか……」

「役に立たない人間なんていないさ」

将太は言った。「どんなやつでも利用できるもんだ」

「そうだよな……」

秀一は、将太にへつらうような笑いを浮かべた。「いなくなったら困るんだ」

「俺は、渋沢が休んだとき、本気で心配したよ。死なれでもしたらどうしようってな」

「自殺か……」

「だが、そうじゃなかった。あいつは何だか強気になったようだ」

「そうなんだよな……」

「死なれるのも困るが、自分の役割を忘れられるのも困る。渋沢には、あくまで言いなりになってもらわないとな」

秀一と勇は無言でうなずいた。

「俺は、なぜ急に渋沢が強気になったかずうっと考えていた」

「考えたってわからないさ」

勇が言った。「連れてきて、本人にしゃべらせればいい」

「慎重に行動しなければならないと言っただろう。考えてもわからないって？　それは、おまえがそれだけの頭しか持っていないからだ」

「だって、本人しかわからないことだぜ」

「手掛かりがあれば推理もできる。いいか？　土、日、月の三日間だ。この間に何があった？」

勇と秀一は顔を見合わせた。

勇は、授業中に先生から難しい質問をされたときのようにうろたえていたが、やがて思いついて言った。

「岡洋子のことがあったな……」

「そうだ」

将太はうなずいた。「岡洋子は、俺たちが渋沢をいじめていると言った。おまえは、驚いてひるんだ。それで、岡洋子は、何とか逃げることができた。そうだな？」

勇は、何か言おうとしたが、あきらめたように下を向いた。将太に嘘や言いわけを言ってもしかたがないと考えたに違いなかった。

「その前日、渋沢のやつは、帰りに古池に呼び止められた。そして、いっしょに古池の家に行った……」

将太は、考えながら言った。「これも無関係とは言えないな……」

「じゃあ……」

秀一が持ち前の狡猾そうな表情になって言った。「岡洋子と古池が何か関係しているというのか？」

「そう考えるべきだろうな」

「それが何だって言うんだよ」

勇が言った。「岡と古池が渋沢に何をしたかなんて、本人に聞かなきゃわからないだろう？」

「そう。だが、用心はできる」

「用心？」

勇は眉根にしわを寄せた。将太の言っていることが理解できないのだ。

「そうだ。岡と古池の前ではことさらに慎重に振る舞う、とかな……」

「まどろっこしいよ」

勇が言った。「渋沢を連れてきて、何があったのか訊いたほうが早い」

「本当のことをしゃべると思うか？」

「しゃべらせるさ」

「俺にはそうは思えないな……。あいつには味方ができたんだ」

「味方？」

「そうだ。岡と古池だ。あいつは急に強気になった。そうとしか考えられない」

「金曜日に、古池の家にいっしょに行って、何か話をしたんだな……」

秀一が言った。「岡と渋沢も話をしたのかもしれない……」

「そういうことだ」

将太がうなずいた。

「関係ねえよ」

勇が言った。「古池なんて、職員会議でも発言力はないって、小乃木くん、言ってたじゃないか。岡だって、どうってことないよ」

勇は明らかに強気を装っていた。

将太は、じっと勇を見た。相手を見つめるのは、何かを考えるときの将太の癖のようだった。

勇は、落ち着かない気分になった。

「何だよ。俺、変なこと、言ったか？」

「その強気も悪くないな……」

将太が言った。

勇は、わけがわからないながらも、認められたことがうれしそうだった。

「そうかい？　あれこれ考えるよりも、強気でいったほうがいいこともあると思うよ」

「たしかに、岡は、サッカー部のマネージャーだ。おまえと親しいだろうし、おそらくおまえに憧れている……」

「まあな……」

「いつでも呼び出せると言ったな？」

「ああ」

「それを利用しない手はない」

「どういうふうに？」

「渋沢の味方になんてなると、ろくなことはないと教えてやるんだ。それを渋沢にも思い知らせてやる。つまり、もう味方なんてできない。渋沢は、俺たちがいないと永遠に独りぼっちだとしっかり教えてやるんだ」

勇と秀一は、顔を見合わせた。

将太が秀一に言った。

「ビデオカメラ、持ってたよな？」

「ああ。ハイエイト、持ってるよ」

「それを使おう」

「どうするんだ？」

「どこか都合のいい場所に、岡と渋沢を呼び出す。俺たちはこっそり、隠れて様子を見ていればいい。ふたりは顔を合わせると、話をするだろう。それで、ふたりの仲がわかる。岡が渋沢の味方をしていると確認できた段階で次のステップに進む」

「次のステップ？」

秀一が、期待に眼を輝かせはじめた。

「そうだ。俺たちは、渋沢の味方などするとひどい目にあうということを岡に教えてやるんだ」

将太は、にやりと笑って勇を見た。「渋沢の目の前で、部室の続きをやればいい。部室でやろうとしてできなかったことをやるんだ。それをビデオに撮るんだ。余計なことを言うとビデオをダビングして配るぞと脅せば、岡は何も言えなくなる」

「俺にもやらせてくれるか？」

秀一が言った。

「順番にやればいい」

「うまくいくかな……」

「こちらは三人だ。うまくいくさ」

「渋沢が邪魔したらどうする？」

秀一が尋ねると、勇はもうすっかりその気になって言った。

「あいつにそんなことできるもんか」

「でも、レイプって犯罪だぜ。だいじょうぶかな……」

将太はかすかな笑いを浮かべつづけていた。

「怖いのなら、この計画はなしだ。俺は、さっきもっと無難な計画を提案した。つまり、古池と岡の眼を警戒して、注意深く行動するという案だ。だが、武田がそれはまどろっこしいと言った」

とたんに武田勇は、追い詰められたような表情になった。彼は、不安を読まれまいとするようにまた強がってみせた。

「だいじょうぶだよ。岡を黙らせてみせるよ」

将太はうなずいた。

「レイプなんて、警察沙汰になることはあまりないんだぜ」

秀一もその言葉に勢いづいて言った。

「俺もその話、聞いたことあるよ。レイプって親告罪って言うらしいぜ。被害者が訴えないとだいじょうぶなんだってよ。けっこうどこの学校でも事件はあるんだけど、生徒の将来を考えて、秘密にするらしい」

それは、雑誌などで読んだ知識に過ぎなかったが、秀一は本当のことだと信じ込んでいるようだった。

　将太は薄笑いを浮かべて秀一に言った。

「ところで、ちゃんとできるのか？」

「え……？」

「やったこと、あるのかよ？」

とたんに秀一はしどろもどろになった。

「いや……。ないけど……。だいじょうぶだよ……」

　将太は、勇を見た。

「おまえは？」

「俺は……」

　勇は、むっとしたように将太を見たが、すぐに眼を伏せた。「最後まではないけど、途中までなら……」

　将太は、声を上げて笑いだした。

　秀一が言った。

「そう言う小乃木くんはどうなんだよ？」

「どう思う？」

「知るかよ……」

「まあ、どうでもいいさ。うまくいかなくたっていい。岡を裸にひんむいて、ビデオに撮るだけでも効果はあるさ」

「冗談じゃねえよ。ちゃんとやってやるよ。佐野や小乃木くんがたとえできなくても、俺だけはやってやるよ」

体力派の意地があった。

早熟な勇は、すでに立派な男の体になっていた。

将太は、勇と秀一を交互に見て、まだにやにやと笑いつづけていた。

「童貞を卒業できるいいチャンスかもしれないな。ふたりとも、がんばることだ。さて、いつどこに呼び出すか、計画を練ろうじゃないか」

20

アルバイトの店員が山下あての電話が入っていることを告げた。山下は、何気なく電話に出た。

「はい、山下です」

「俺だ。里見だ」

とたんに山下は落ち着かなくなった。あたりの様子をうかがい、声を落とした。

「ちょっと、まずいですよ。店に電話は……」

「心配するな。名乗ってはいない」

「何の用です？」

「松井はいるか？」

山下は、店内をもう一度見回した。

「今は、姿が見えませんが……」

「ちょうどいい。松井との作戦《ミッション》のことは聞いているな？」

「あんたが挑戦してきたんでしょう？」

「古池のことを、見るに見かねてな」

「店長は、勝つつもりでいますよ」

「いい度胸だと褒めてやるよ」

「必ずしもそちらが有利とは限らないと思いますよ。ブツはこちらにあります。あなたたちは、それを奪わなければならない」

「そのために、おまえのようなスリーパーがいる」

スリーパーというのは、諜報《ちょうほう》の世界で潜入したスパイのことを言う。普段は、敵方について日常業務をこなし、ある一定の条件下でスパイとして活動を始める。「情報をもらおう。ビデオのマスターはどこにある」

「ちょっと待ってください。店長は、ちゃんとルールを決めて戦うつもりでいるんですよ」

「信用しろというのか？」

「当たり前です。ゲームなんですからね……」

「こちらはそれほどおめでたくはない。ビデオはどこに保管してあるんだ？」

「まだ、こちらには届いていませんよ。今、店長の知り合いが、マスタリングしてるんです。プロがモザイクやクレジットを入れなきゃならないんで手間を食ってるんですよ」

「プロがモザイクやクレジットを入れるのにそれほど手間取るとは思えないな」

「先方の都合ですからね。そのへんのことは知りませんよ。たぶん、手や機材が空いているときを利用してやっているんでしょう」

「どこの何という業者だ？」

「店長しか知りませんよ。本当です」

「そこから届いたら、どこに保管する？」

「知りません。だから、店長に訊いてくださいよ」

「ばかだな、おまえ。敵の司令官にそんなことを訊けるか」

「だから、事前に条件を発表するはずです」

「デコイはあるのか？」

「囮《おとり》のテープですか？　さあ……。店長のことだから、作るかもしれませんね……」

「どこに保管するか。デコイがあるかどうか……。その点を調べて知らせるんだ」

「かんべんしてくださいよ。バレたら店長に何されるかわかりませんよ……」

「そういうことを言える立場か……？」

山下は返事をしなかった。

里見が言った。

「おたくの店のアイドル……、ミヨちゃんとかいったっけな……。おまえさんが、そのアイドルと不倫したことを松井が知ったらどうなるかな」

「ちょっと、そのことはもう終わってるんです。ふたりでちゃんと話し合ってケリをつけたんですよ」

「だが、過去に不倫をして、それを松井に秘密にしているのは確かだ」

「わかりましたよ……」

山下は情けない声を出した。「情報は流します。それでいいんですね」

「連絡を待っている」

電話が切れた。

山下は、受話器を置いた。レジにミヨちゃんがいた。彼はぼんやりとそちらのほうを見た。

（出来心だったんだ……）

山下は思った。（お互い、酒も入っていたしな……）

昨年の暮れのことだった。忘年会の帰りに、山下は冗談半分でミヨちゃんを誘った。当然、断られるものと思っていた。

だが、ミヨちゃんはついてきた。そのあと、真夜中までふたりで飲み、ついにホテルに入った。

店では、明るい店員を演じているミヨちゃんも、ふたりきりになってみると、また違った印象があった。男女間の出来事にかなり積極的だった。

さらに、後で知ったことだが、ちょうどミヨちゃんは失恋をしたばかりで、情緒が不安定であり、淋しくてたまらなかったのだ。

店ではいい仲間だった。山下は、後悔したが関係を持ってしまったものはしかたがない。結局、そのあと二カ月ほど付き合った。

しかし、やはり、どうしても後ろめたく、何度かミヨちゃんと話し合って、結局、ふたりは別れた。その後は、なかなか元の関係に戻れなくて苦労したが、山下は大人だった。なんとか日常的な会話を屈託ない表情でできるまでに関係を修復することができたのだった。

ミヨちゃんもさばけた性格なのか、その後、後腐れを残すことはなかった。

ところが、その事実を里見に知られてしまったのだ。

里見は、日常を戦闘時と考えるほどにサバイバルゲームに入れ込んでいる。彼は、あちらこちらに情報網を張りめぐらせているのだ。

ふたりの関係がその情報網にひっかかった。なにせ、里見の情報網は、飲み屋と知り合いのいる小売店を中心にいたるところに広がっている。

山下がミヨちゃんから眼をそらしてため息をついたとき、松井が外から帰ってきた。山下は、胸が高鳴るのを感じた。

「山下、ちょっと来てくれ」

松井がうれしそうに言った。彼は、客をひとり連れていた。

「はい……」

「こちら、埴生《はにゅう》さんだ」

「は……？」

山下は、客の顔を見た。埴生と紹介された男は、にこやかに山下を見ていた。

「わからんようだな」

松井は言った。「いつも、タイガーストライプの迷彩に、黄色いゴーグルをかけているからな」

「あ……」

山下は気づいた。「埴生さんて、あの『虎部隊』の埴生さん……」

「そうだ」

松井は、にやにやと笑った。「話がついたんだ」

「話がついたって……」

山下は、いっそう驚いた表情になった。「雇ったんですか」

「そうだ。これで、里見のチームと五分だ。いや、それ以上だな。圧倒的にこちらが優位に立った。そう思わんか？」

山下は、埴生をぼんやり眺めて言った。

「『虎部隊』が……。最強の傭兵《ようへい》部隊が、わがチームに……」

『虎部隊』の埴生は、おだやかに山下を見返していた。


慎治の両脚は筋肉痛だった。袴田が言ったとおりだった。普段使わない筋肉を使ったためだ。

体育の時間くらいしか運動はしない。そのせいもあった。

だが、慎治は、部屋で馬歩と頭突き、体当たりの練習をせずにはいられなかった。袴田は、ひとつの技をしっかり覚えることが大切だと言った。

幸い、若い慎治の肉体は回復力も早く、柔軟性もあった。使えば使うほど筋肉が発達する年齢なのだ。

袴田に教わったことをイメージしながら体を動かした。体を動かしている間は、よけいなことを考えずに済んだ。

慎治は、そのことにしばらく経ってから気づいた。

公園で、袴田に教わっているときも、嫌なことは忘れていた。ひたすら体を動かすことの快感は、ただ肉体的な爽快感だけではないことを知った。不健全な思考を中断させてくれるのだ。

これまで喧嘩などしたこともない慎治が、たったひとつ技を教わっただけで強くなるかどうかは疑問だった。生兵法《なまびょうほう》は大怪我のもとという言葉も知っていた。

だが、慎治は、武術の技を練習するという充実感を感じていた。別に喧嘩に強くなる必要はない。里見のチームで、足手まといにならないように気をつければいい。

誰かにつかまりそうになったような場合に、頭突きか体当たりで相手をひるませ、その隙に逃げればいいのだと慎治は考えた。

まさか、戦争に巻き込まれるとは思ってもいなかった。人はただのゲームだというかもしれないが、里見にとっては、単なるゲーム以上のもののようだと慎治は感じていた。まさに、戦争なのだ。

そして、そのゲームの勝負いかんで、慎治の万引きの現場が世間に発表されるかどうかが決まる。

だが、すでに慎治はそれほど悩んではいなかった。できるかぎりのことをして、それでもビデオが発売されるのなら仕方がない。そういうふうに考えることができるようになったのだ。

古池や里見のおかげだった。特に里見に対する信頼が慎治を安心させていた。里見ならなんとかしてくれるのではないかと慎治は思った。

助けてくれる人がいる。それを信じられることは気持ちの上で大きな救いだった。

「今度の日曜日。夜の十時から十二時まで、店を開けておく。俺たちは、店に防衛ラインを張る。そちらのチームは、ビデオを奪わなければならない」

電話の向こうで松井が言った。古池は慎重に聞いていた。「この二時間の間に、ビデオを奪えたらそちらの勝ち。守り通せたら、こちらの勝ちだ」

「地の利はそちらにあるな」

古池は言った。「どうも、こっちが不利なような気がする」

「店の見取り図はあらかじめ渡しておくよ。ビデオがどこにあるのかも教える。あくまでもゲームはフェアにやりたいからな」

「そちらの情報を鵜呑《うの》みにしろというのか?」

「信じる信じないは、そちらの勝手だ。里見のことだ。すでに情報戦を仕掛けてきているかもしれない」

「事前に打合せがしたい。司令官は俺じゃない。里見だ」

「いいだろう。明日の夜、店が終わってから……。そうだな、九時でどうだ？　こちらに来てくれれば会談に応じる。そう里見に伝えてくれ」

「わかった」

古池は電話を切ると時計を見た。夜の十時だ。里見は自宅に帰っているだろう。電話をした。

「はい、里見です」

「古池だ。松井から電話があった」

古池は、松井が示した条件を説明した。

「ほう。二時間か……。まあ、向こうの実力を考えれば楽勝かな……」

「地の利が向こうにあるんだ」

「心配するなよ。攻め込むための定石《じょうせき》はいくつもある。能力はこっちが断然上だ」

「マスターテープを、約束どおりの場所に置いてあるかどうかわからない」

「おそらく、ちゃんと約束を守るはずだ。松井にもプライドがあるだろうからな。あいつは、正々堂々と戦って俺たちに勝ちたいと考えているはずだ。それに、スパイもいる。そのへんの情報も入るはずだ」

「それにしても、やけに自信たっぷりの口調だった……」

「ふん……。今のうちだけだよ」

「明日の九時に俺たちが出向けば、細かな打合せに応じると言っていた」

「九時に『サンセット』だな。オーケー。行こうじゃないか」

「言っておくが、俺はあまり戦力にはならんよ」

「役割は考えておくよ。あの坊やもデビューさせなければならないしな」

「まったくあいつのせいで余計な苦労をさせられる」

「……とかいって、けっこう楽しんでないか？」

「俺がか？」

「ああ。そう見えるな。モデリングの手ほどきをしたり、松井とあれこれ交渉したり……」

「俺はあいつの担任だからな」

「へえ……。驚いたな。おまえが仕事のことを考えるなんてな……」

しばらく沈黙があった。やがて古池は言った。

「たしかに単なる仕事ならこんなに入れ込んだりはしない。ようやくわかったような気がするよ。先生ってのは、単なる仕事じゃなさそうだってことがな……」

ベッドに入ると慎治は、岡洋子のことを思い出していた。

これまでは、ぼんやりと遠くから眺めた姿を思い描くだけだった。しかし、今は、もっとはっきりとしたイメージを脳裏に浮かべることができる。

彼は、ベッドに入ってから女の子のことをあれこれ考えることなどなかった。洋子のことは好きだったが、それ以上に彼にとって重大なことがあったからだ。

明日は将太たちに何をされるだろう――それが何より大きな問題だったのだ。いつもそのことばかり考えていたような気がする。

洋子のことを考えるだけで幸せな気分になった。

思わず枕を抱いていた。マンションの下で話をしたときのことを思い出していた。

あのときの洋子の表情をすべて思い浮かべた。そして慎治は、ふわりとしたあまい匂いまで思い出していた。

この先、付き合うことになったらどんなに幸せだろう。慎治はついそんなことを考えてしまう。

たしかに洋子は、慎治のことを武田勇よりいいと言った。好きだとはっきり言われたわけではないが、それにかなり近い言葉だと思った。

少なくとも、完全な片思いではなかった。向こうも慎治のことを多少なりとも気にしてくれていたのだ。

付き合うことも夢ではないような気がした。もっとも、慎治には、付き合うということがどんなことか、はっきりとはわかっていなかった。

具体的にどうすることが付き合うことなのかわからない。ただ、漠然としたイメージがあるだけだった。

いっしょにどこかを歩いているイメージとか、何か話をしているイメージ。

デートといっても、どこかを散歩しているところとか、ファーストフードの店で飲み物を飲んでいるところしか思い浮かばない。

だが、それでも充分すぎるくらい幸せなはずだった。

慎治は、洋子とふたりでいる場面をあれこれと想像してみた。付き合いはじめて、どうしていいかわからないようなことがあったら、また古池や里見に訊いてみよう。

慎治は、そう思うといっそう気が楽になった。

そのうちに、持ち前の心配性が顔を出しはじめた。無条件に幸福にひたってもいられない。

将太たちは、まだ慎治に対するいじめをやめたわけではない。さらに、洋子のことを心配しなければならなかった。

洋子は、勇がまた何かを仕掛けてくるかもしれないと言っていた。

洋子が何かをされるという想像は、自分がいじめられるのとは違った精神的な苦痛を慎治に与えた。耐えがたい、身悶えするくらいの心配だった。

守ってくれ、と洋子は言ったのだ。守らなければならない。

だが、僕に何ができるだろう。

慎治は、生まれて初めて誰かを守ることで悩んだ。

岡洋子は僕が守らなければならない。それは、大きな責任感だった。これまでに感じたことのないものだ。

不安を感じた。

それは、自分の身に何かが起こるというのとはまた違った不安感だった。いじめに怯えているのとは明らかに違う。

慎治は、自分自身を鍛えなければならないことを痛感していた。肉体的にも、そして精神的にも……。

袴田に本格的に格闘技を習ってみようかとも思った。だが、当面できるのは、教わったひとつの技を一所懸命に練習することだ。それで何が変わるかはわからない。だが、できることをするしかないのだ。

慎治は、他人のために努力をするという気持ちになっていた。そして、洋子を守るためなら、戦ってもいいという気持ちになっていた。

僕が戦うだって……。

慎治は驚いた。これまで、戦うどころか逃げる気力さえなかったのだ。いろいろな変化が慎治に訪れてきていた。

好きな女を守ろうとしている。

そのために、自分を鍛えようとしている。戦いすら辞さない気持ちでいる。

慎治は気づいていなかったが、たしかに彼は、大人の男としての第一歩を踏み出しつつあるのだ。

21

「おい、渋沢。今日の夕方六時に、サッカー部の部室に来い」

木曜日の昼休み、勇が声をかけてきた。

慎治は、勇を見ると憎しみと怒りを感じた。恐れはそれほど感じなかった。

「何でさ?」

慎治は言った。

勇は、ちょっと驚いたように慎治を見ると、腹立たしげに言った。

「何でもいいから、来ればいいんだよ」

「僕は行きたくない」

「なんだと……」

勇は、教室の中を見回した。慎重に振る舞わねばならないと、きつく将太に言われていた。ここで暴力に訴えるわけにはいかない。勇は、声を落とした。「話をするだけだ。いいか、必ず来い」

勇は慎治のもとを去って、教室の出入口のほうに行った。

また何か要求されるのだと思った。サッカー部の部室は、グラウンドの隅にある。コンクリートブロックを重ねただけの建物で、その建物には、いくつかの運動部の部室が並んでいる。

夕方の六時というと、すでに誰もいなくなっているはずだ。密室で暴力を振るわれるのかもしれない。そう思うとうんざりした。

またしても暗い気分になったが、以前のような絶望的な気分にはならなかった。痛みはかなりの部分、心理的なものであることをすでに知っているし、もはや、将太たちをそれほど恐ろしいとは思っていなかった。

(行ってやる)

慎治は思った。(話があるというのなら、聞いてもやる。だが、もう、おまえたちの言いなりにはならない)

勇は、教室を出て、B組へやってきた。戸口に顔を出すと、数人の女生徒が注目して、騒ぎはじめた。

勇は、女生徒の憧れの的なのだ。アイドルを見るような女生徒たちの眼差しを無視して、勇は言った。

「おい、岡、ちょっと話がある」

岡洋子は、勇を見るとちょっとふてくされたように眼をそらした。女生徒たちの羨望の眼差しが注がれる。岡洋子は、席を立つと勇のほうに近づいた。

「何よ」

「ちょっと……」

勇は、廊下に出た。洋子が後についてきた。振り返ると勇が言った。

「このあいだのことをあやまりたいと思ってな……」

「あやまるくらいなら、最初からあんなことしなきゃいいのよ」

「悪かったよ。お互いに誤解があったようだ」

「何よ、誤解って」

勇は、照れ屋のスポーツマンを演じていた。

「いや、そのいろいろさ……。たとえば、渋沢のこととか……」

「渋沢くんがどうかしたの？」

「俺たちが、いじめてるって、おまえ、言っただろう？　そいつは誤解なんだよ」

「何が誤解だって言うのよ」

「俺たちは、渋沢と遊んでいるだけだ。友達なんだよ。いじめてなんかいない」

「そう思っているのは、武田くんたちだけじゃないの？」

「そんなことはない。渋沢だってそう思っているよ。そのへんのこと、ちゃんと話し合っておこうと思ってな……。今日、部活終わったら、俺、また居残り練習やるから、ちょっと付き合ってくれないか？」

「また、変なことするんじゃないでしょうね？」

「だから、あやまっているだろう……」

洋子は、しばらく考えていた。やがて、彼女は言った。

「いいわ。練習に付き合えと言われたら、マネージャーとして断れないもんね」

「悪いな。じゃあ、放課後……」

勇は、あくまで爽やかな印象を残すように笑顔で走り去った。

心の中で彼はほくそえんでいた。

（どうせ、あいつは俺に気があるんだ。俺の思うがままさ……）

正直に言って、慎治は、放課後が恐ろしかった。過去にいじめられた記憶の蓄積は、簡単にはぬぐい去れない。

しかし、彼は行くことに決めていた。終業のホームルームに古池が姿を現したとき、慎治は、相談しようかとも思った。

古池は、相変わらずの態度だった。慎治との個人的な関わりは、学校ではおくびにも出さない。生徒に無関心な先生という感じだった。

結局、慎治は、相談せずに行くことにした。何か起こったときに、また相談すればいい。いつでも話しに行けるというだけで気が楽だった。相談できる相手がいるというだけで、相談する必要がないくらいに気が休まるものだ。

六時というと、かなり遅い時間だ。授業が終わると何もすることのない慎治は、時間をつぶすのが大変だ。家が近いから、一度帰ってから出直そうかとも考えた。

だが、それもなんだかばかばかしい。結局、グラウンドの隅で部活にいそしむ生徒たちを眺めていた。

もしかすると、洋子の姿が見られるかもしれないと思い、慎治は、サッカー部の練習が見える場所に腰を下ろした。汗をかく少年たちの姿に、慎治は一種の劣等感を覚えた。ぼんやりなにもせず座っている自分に焦りのようなものを感じる。

グラウンドの向こう側に、ジャージ姿の洋子の姿が見えた。洋子は、じっとサッカー部員たちの姿を見つめている。それを見た慎治は、たまらない気分で立ち上がった。

校舎の裏庭にはケヤキの木が立っている。裏庭は人が来ない場所だった。慎治はそこにやってくると、人けのないのを確かめた。

ケヤキの木に向かって半身になる。馬歩で構えると、幹に向かって肩からぶつかった。足を交差させるようにして一気に前進する。したたかな衝撃が体に伝わる。

何度かやっているうちに、袴田に教わっていたときの高揚感を思い出した。最初は、軽くぶつかっていたのだが、そのうちにかなり激しく当たれるようになってきた。

いつのまにか汗をかいていた。まだ筋肉痛が少しばかり残っているが、あらかた回復している。

練習を始めたときは、人の眼が気になっていた。そのうち、夢中になり、人が通るのなど気にならなくなってきていた。

他人は、いったい何をやっているのかと訝《いぶか》るだろう。他人の思惑ばかり気にしてきた慎治だが、今はそんなことはどうでもよかった。

慎治は、ひたすらケヤキに体をぶつけつづけた。

勇はまだグラウンドで居残り練習をしていたが、他のサッカー部員たちは着替えをして引き上げて行った。

洋子がその練習を眺めている。

勇は、いまごろ、将太と秀一がこっそりと部室に忍び込んでいるのを知っていた。秀一は、ビデオカメラを持ってきていた。

ロウソク一本の光があれば写るといわれている感度の高いハイエイトのビデオカメラだ。もうじき、慎治もやってくるはずだ。

勇はロングシュートを何本か打つと、ボールを拾い集めはじめた。

「もう終わり?」

洋子が尋ねた。

「ああ……」

勇は言った。「俺、顔を洗ってくるから、先に部室に行っていてくれ」

「わかったわ……」

洋子が部室のほうに歩いていく。その姿を見て、勇は、ひどく胸がどきどきするのを感じていた。興奮のためではないような気がした。罪悪感のせいだった。

慎治は、サッカー部の部室の前で、洋子に会った。胸が高鳴った。咄嗟に言葉が出てこない。

「あら、渋沢くん……」

洋子は、あっけらかんとした態度で言った。「どうしたの、こんな時間に」

「いや、ちょっと……」

「誰かに用事？」

「え、あの……」

「あ、あたしを待ってたんだ」

「違うんだ。その……。武田に呼ばれて……」

「武田くんに……。あら、あたしも話があるって言われてたのよ」

慎治は突然、憧れの洋子が目の前に現れたことで気が動転していた。どういうことなのか考えるべきだったのだが、それができずにいた。

「もうじき、武田くん、来るはずよ。実を言うとね、あたし、ちょっと心配だったんだ。このあいだ、変なことされたでしょう？　だから……。でも、渋沢くんがいてくれるなら安心だわ。守ってくれるんでしょう？」

「守る」

慎治は言った。「守るつもりだけど……。でも……」

「でも、なあに？」

「こんな僕じゃ頼りないとは思わないのかい？」

「そうね……。頼りないといえば頼りないわね。でも、男でしょう？」

「喧嘩強くないし……。いつも、いじめられているんだぜ」

慎治は少しばかり自虐的な気分になって言った。

「でも、あたしのために犠牲になるくらいの気はあるんでしょう？」

「犠牲に……？」

「そう。いざというときでも、それくらいの気持ちでいれば何とかなるわよ」

「そうかな……」

「もう！　しっかりしてよ。守ってくれるって言ったんでしょう」

「だから、そのつもりではいるよ」

どうも守るという感じじゃないな――慎治は思った。僕より、岡さんのほうが強そうだもんな……。


部室の中は薄暗かった。まだ日は長いが、太陽はすっかり西に傾いている。

将太と秀一は、その薄暗がりの中にひそんで、慎治と洋子の会話を聞いていた。秀一が、そっと将太に言った。

「おい、どういうことだよ。渋沢が岡を守るって……」

「さあな……」

将太が言った。「どうでもいいことさ。だが、ふたりは仲がいいってことはわかった。

やっぱり、渋沢が急に強気になったのには、岡が関係しているようだな」

「なんで岡が渋沢なんかに……」

「利用しやすいと思ったんだろう。俺たちと変わらないよ。男の召使が欲しかったのかもな」

「渋沢が岡を守るだって……」

秀一は、ひそかに笑った。「そんなこと、できるはずないだろう」

将太も、鼻で笑った。

「それにしても、ここの臭いはたまらない。早く済ましてここを出たいもんだ」

早く済まして、という将太の言葉が、やけに淫《みだ》らに聞こえ、秀一は思わず生唾を飲み込んだ。

勇の元気な声が聞こえてきた。

「よう。ふたりとも、何してんだ。中に入れよ」

勇を先頭に三人が部室に入ってきた。部室には、裸電球があるが、勇はその明かりをつけようとはしなかった。

薄暗いが、顔の表情が見えないほど暗いわけではない。明かりがついていると、誰かが様子を見にくる恐れがあった。

「話があるのなら、さっさと済ませて」

洋子が言った。「帰りが遅くなるじゃない」

勇は、さりげなく戸口のほうに近寄った。慎治は、また危険を感じはじめた。暴力を振るわれるかもしれない。

(だが、なぜ、岡がいっしょなんだ?)

部室の隅で物音がした。慎治と洋子は、はっとそちらを見た。将太と秀一がゆっくりと立ち上がった。

慎治は心臓がどきどきいうのを感じた。また殴られる。そう思った。誰も助けには来ない。

だが、そのとき、彼は、もっと悪いことに気づいた。洋子がいる。この三人は、慎治にだけではなく、洋子にも危害を加えようとしているのではないか……。

秀一が言った。

「おい、渋沢。おまえ、ずいぶん態度がでかくなったよな」

洋子が勇に言った。

「何よ、これ。どういうことよ」

勇は何も言わない。

「あたし、帰るわよ。冗談じゃないわ」

洋子が戸口に向かった。

その腕を勇がしっかりとつかんだ。洋子は憎しみがこもった眼で勇を睨んだ。勇は、視線をそらした。

そのとき、慎治は、勇が何か苦痛に耐えるような表情をしているのに気づいた。勇がこんな顔をするのを初めて見た。

「逃がすなよ、武田。大切な獲物だ」

秀一が、ビデオカメラを取り出して言った。左手には懐中電灯を持っている。

慎治は、彼らの意図を計りかねた。だが、洋子にはわかっているようだった。

「あんたたち、こんなことして、ただで済むと思ってんの！」

「もちろん、ただで済む」

将太がはじめて口をきいた。こういうときに何かを言うのは珍しいことだった。

洋子は、驚いて将太を見た。

将太は、薄笑いを浮かべていた。

「これから俺たちは、おまえの間違いを正す。おまえは、俺たちが渋沢をいじめていると思っているらしいが、それは、間違いだ。そして、そのことで武田に脅しをかけたつもりでいるかもしれないが、それも間違いだ。渋沢の味方になっているようだが、それも間違い。そして、最後に、渋沢に助けてもらえると考えているようだが、それも間違いだ」

将太は、慎治を見た。「そして、渋沢にも言っておく。おまえには俺たち以外に友達などいない。もし、別な友達を作ったりしたら、俺たちはいつでもこういう方法でそれをぶち壊していく」

「やめて！」

洋子が言った。「渋沢くん、助けて！」

勇に手をつかまれて、洋子はもがいた。将太が冷淡に言った。

「さあ、武田。やりたかったことをやれ。渋沢の味方などするとどういう目にあうか、たっぷりと教えてやるんだ。俺たちは、その様子をビデオに撮る。そのビデオをあちらこちらにばらまかれたくなかったら、口をつぐんでおとなしくしていることだ」

秀一がビデオを構えた。赤いパイロットランプがともる。

だが、勇は、行動を起こそうとしなかった。じっと床を見ている。

「何してるんだ、武田」

秀一が言った。「後がつかえてるんだぜ……」

将太は、窓に寄って誰か来ないかちらちらと様子をうかがっている。

「やめてよ。いやだ、放して。渋沢くん、助けて」

そのとき、勇が言った。

「どうして、渋沢に助けを求める？」

辛そうな表情だった。「どうして、渋沢なんだ?」

ついに、武田が洋子を、テーブルの上に押し倒そうとした。

「俺に助けを求めれば、何とかしてやったものを……」

勇は、ついに、洋子を押さえつけ、ジャージの上をたくし上げようとした。秀一が、懐中電灯でそこを照らした。鮮明にビデオを撮るためだ。

「いい加減にしろよ」

誰かが言った。

その場の誰もが、誰が言ったのか一瞬わからなかった。互いに顔を見合う。言ったのは慎治だった。それに気づいた将太、秀一、勇の三人は慎治に注目した。

慎治が言った。

「つまんないことはやめろ」

勇は、ぽかんと慎治を見ている。これほど強気な慎治を見たことがなかった。慎治の眼が光っていた。怒りによる光だ。

秀一と勇は、将太を見た。将太は、じっと慎治を見ていた。

「渋沢……」

将太が悲しげな表情で言った。「おまえがそういうことを言ってはいけないな」

慎治は、さっと将太を見た。その眼に軽蔑の色があった。将太はそれに気づいたようだった。驚いたように慎治を見返し、そして、言った。

「何でそんな眼で俺を見る」

将太は、それまでの氷のような冷静さを失いつつあった。慎治に軽蔑されている。その事実に耐えられないようだった。

「女は後回しだ」

将太は、命じた。「佐野、岡をつかまえていろ。武田、渋沢をかわいがってやれ。動けなくなるくらいに痛めつけるんだ。そして、その目の前で女をいたぶってやれ。まず、渋沢からだ」

勇は、なぜかほっとしたような表情で岡から離れた。

「おっと……、逃がさないぜ」

戸口のほうへ逃げようとした洋子を、秀一が巧みにつかまえた。

勇は、慎治のほうにゆっくりと近づいた。慎治は、じっと勇を見つめていた。

「何だよ……」

勇は言った。「おまえ、いったい、どうしたんだよ……」

言いおわると、いきなり勇は慎治に殴りかかっていた。

22

慎治の身はこわばっていた。パンチを避けようとしたが体が動かない。弱々しく、両手を前方に掲げるのが精一杯だった。

衝撃がやってきて、首がのけぞった。視界がまばゆく光り、次に鼻の奥がキナ臭くなった。

まるで船に乗っているように床が揺れて感じられる。膝から力が抜けた。

頬骨のあたりがじんと痺れていた。

勇のフックがそこに当たったのだ。だが、慎治はなんとか踏ん張っていた。わずかによろめいたが、すぐに膝に力が戻ってきた。

やはり、殴られる痛みは、それほどではなかった。殴られることによる絶望感が痛みを大きくするのだ。慎治は、そのことを確信した。

かつては、殴られるごとに恐怖が募っていった。そして、やがて絶望がやってくるのだ。抵抗する気力は失われ、ただ泣くしかなくなる。

だが、今は違っていた。一発殴られることでかえって恐怖が吹っ飛んだ。恐怖を追いやったのは、急速に膨張しつつある怒りだ。

慎治は、ロッカーに寄り掛かる恰好になっていた。勇を睨み付けながらロッカーから背を離した。

勇は、その慎治の態度を見て、さらに冷静さを無くした。

「このやろう……」

慎治は、今何をすべきか知っていた。

これまで一度も試したことのないことを試そうとしていた。抵抗を試みるのだ。

袴田に教わったことをそのままやってみよう。そう思っていた。喧嘩というのがそう簡単なものだとは思っていない。だが、自分がどこまで通用するのか試す価値はあると思っていた。

岡洋子のためにも戦わなければならない。慎治は、勇に対して半身になり、足を開いて腰を落とした。

「何のつもりだ？」

勇が、ばかにして笑った。「そんな恰好したって無駄なんだよ」

慎治は、袴田の教えを思い出していた。余計なことは考えず、忠実にその教えに従おうと考えた。

袴田は、相討ちを狙えと言ったのだ。

「徹底的に痛めつけてやるぜ」

勇はそういうと、一歩前に出た。右の拳を肩口に引き、さらに一歩出ようとする。来る。

慎治は、そう思った瞬間に、頭を振るように突き出した。目をつむっていた。

勇のパンチがまた当たってもいいと思っていた。一《いち》か八《ばち》かの反撃だ。

額の右側にしたたかな手応えがあった。痛くはない。感触は不思議なものだった。ぐにゃりと柔らかいものがまず当たり、その奥にある固い芯が当たった。

ぐしゃりと何かが壊れたように感じられる。

目を開けた慎治は、信じられない光景を見た。

勇が顔面を押さえて床に転がっていた。驚きに目を見開いている。押さえている手の指の間からじわりと血が染み出してきており、それがしたたりはじめた。

倒れた勇は、そのまま起き上がろうとしなかった。

驚愕《きょうがく》に目を見開いたまま、苦しげにもがいている。

一発KOといったところだ。

その場の空気が凍りついた。

誰も身動きをしない。

「ちくしょう！」

最初に動いたのは、秀一だった。

彼は、勇ほどの体力派ではない。だが、これまで何度となく慎治を殴った経験があった。秀一は、慎治につかみかかろうとした。

慎治は同じように動いた。秀一がつかみかかろうとする瞬間に体を躍らせていた。

今度は、肩口から体当たりをした。それが完全なカウンターとなった。

秀一は、面白いように吹っ飛んで、まずベンチに背をぶつけ、その反動でまた前に投げ出された。床に転がり、そのまま、苦しげにもがいた。

慎治は、その光景にすっかり驚いていた。自分がやったとは思えなかった。今まで、さんざん慎治をいじめてきた勇と秀一が床に転がっている。

ふたりとも、たったの一撃だった。

「やってくれたな……」

しばらく無言だった将太が言った。彼は、ひどく凶悪そうな笑いを浮かべている。

「これでおまえもおしまいだ。暴力事件を起こしたんだからな……。ふたりのクラスメートに怪我をさせた。俺が先生に言うよ。おまえは処分される。もうちょっと、賢いと思っていたんだがな……。おまえ、職員会議にかけられるんだよ。内申書にそのことが記録されるだろう。暴力沙汰はひどく印象が悪くなるからな……。俺たちに逆らうからそういうことになる。さあ、おまえら、すぐに職員室に行くんだ。まだ、誰か先生が残っているはずだ。渋沢のことを訴えるんだ」

将太は、慎治を見た。「なあ、渋沢。先生に暴力事件を知らされたくなかったら、これまでどおり、俺たちの言いなりになるんだ。すみませんでしたとあやまれよ。そうすれば、この二、三日のことはちょっとしたペナルティーで済ましてやってもいい」

慎治は、無言で将太を見ていた。不思議なことに、将太がひどく小さく見えた。なんで僕は、こんなやつに怯えていたんだろう。

その思いが表情に出たようだった。将太は、怒りを露わにしはじめた。

「なぜそんな眼で俺を見るんだよ。おまえのようなやつに俺をそんな眼で見る権利はないんだよ。さ、武田、佐野。さっさと起きろ。武田、血が止まらないうちに先生に言いに行くぞ。そのほうが印象が強くなるからな」

勇も秀一も返事をしなかった。

秀一は、将太の命令を絶対と思っているらしく、苦しげな表情で何とか立ち上がろうとしていた。背中を固いベンチに強くぶつけており、少しでも身動きするとひどく痛むようだった。

勇は、床の上に起き上がり、あぐらをかいていた。まだ、鼻と口許を押さえている。

将太が言った。

「さあ、渋沢。どうする？　土下座してあやまるか？」

慎治にそのつもりはなかった。

自分は間違ったことをしていないという自信があった。

将太は、苛立ち、怒鳴った。

「どうするんだよ、渋沢！」

慎治は、今の気持ちをはっきりと言おうとした。だが、それより早く、勇が言った。

「もういいよ」

誰もが勇を見た。

将太は、怪訝《けげん》そうな顔をしている。

勇は、しかめ面をしていた。

「もううんざりだよ。おまえにあれこれ指図されるの……」

将太は、不思議なものを見るように勇を見つめた。

「何だって……？」

「一発KOだよ。見事なもんだ。俺、渋沢をなめてたけどな……。この俺を一発で倒すなんて、たいしたもんだ。そして、佐野もやっつけた。マグレじゃねえぞ、これ……」

「おまえは、渋沢に暴力を振るわれたんだぞ……」

「やられちまったもんは、しょうがねえ。それにな……、俺、いやなんだよ、岡のことビデオに撮るなんて……」

洋子が勇を見ていた。彼女は、いつでも部室から逃げられたはずだった。だが、逃げださずにそこで成り行きを見守っていたのだ。勇は言った。

「鼻、折れちまったかもしれないな……。けど、サッカーじゃよくあることさ。どうってことねえ……」

洋子が勇に近寄り、ハンカチを渡した。勇は、ためらいもなくそのハンカチを受け取り、それで鼻を押さえた。たちまち、鼻血でハンカチが染まった。

慎治は、その様子を見ていて、ちょっと傷ついた気持ちになった。

「くそっ」

将太は、秀一に言った。「佐野、おまえ、渋沢をぶちのめせ。このままじゃ、俺、不愉快で眠れないぜ」

勇が言った。

「もうよせよ。渋沢はたいしたやつだったんだ」

「そうはいかないんだよ。今後のためにも、思い知らせておかなきゃな……」

「なら、二対二になるぜ」

勇の言葉を理解できず、将太は眉根にしわを寄せた。慎治も勇が何を言っているのか、咄嗟にわからなかった。

「二対二……？」

将太が言った。「どういう意味だ？」

「おまえがどうしても渋沢に手を出すというのなら、俺は渋沢のほうに付く」

「何だ……。それ、どういうことだよ」

「言っただろう。俺、もううんざりだって……」

将太は、何が起こったのかわからない様子で立ち尽くしていた。

やがて、秀一が言った。

「おい、もう行こうよ」

将太は何も言わない。

秀一がさらに言った。

「俺、行くぜ。背中がひどく痛むんだ」

彼は、一度将太の顔を見て、それからすぐに眼をそらし、戸口から出ていった。

「何だよ、みんな……」

将太が言った。「たった一回、渋沢にやられただけで……。渋沢をこのまま放っておいていいのか?」

勇がゆっくりと立ち上がった。

「一回やられりゃ充分だ。渋沢は今までじっと我慢してたんだってことに、ようやく気づいたよ」

「我慢だって? 当たり前だろう。俺たちが付き合ってやってるんだから」

「おまえ、ずうっとそういうこと言ってりゃいいさ。俺、サッカーも忙しいしな……。おまえと付き合ってる暇、もうないかもしれない」

「何言ってんだよ……。俺たち、三人でいるほうが、いろいろと都合がいいんだよ」

「俺、もういいよ……」

　勇が眼をそらした。

　将太は、どうしていいかわからないようだった。完全にうろたえている。彼は、慎治に向かって言った。

「誰が何と言おうと、今日のことは、先生に言うからな。俺は許さないぞ」

　慎治は、将太を見据えてこたえた。

「僕は、おまえのことを先生には言わない。安心しろよ」

「なに……？」

「今まで取られた金のことも、もういい。だけど、これから先、僕はもうお金を渡せないよ。僕もお金が必要だからな。使う目的ができたんだ。時間も貴重だ。だから、もうおまえと付き合ってる暇はないんだ」

「ふざけるなよ」

　将太は、反射的に勇を見ていた。何かを命じようとしたのだ。だが、すでに立場が違うことに気づいた。

将太は慎治に視線を戻した。

「渋沢……。このままで済むと思うな。俺を敵に回したらどういうことになるか……」

「かまわないよ」

慎治は言った。今では、将太のことなどまったく恐れていなかった。「だけど、僕は、おまえたちの世界で犠牲者の役をやっている暇なんかない」

将太には慎治の言っていることの意味がわからなかった。だが、今の慎治が、これまで将太の思っていた慎治と違うことだけははっきりとわかった。

「くそっ」

将太は、足元にあったごみ箱を蹴っ飛ばした。ひどく大きな音がした。そのまま、足早に出口に向かう。

慎治は何も言わずその姿を見ていた。やがて将太は、外に出ていった。そのときの将太がさらに小さく見えた。

「渋沢……」

勇の声がして、慎治は振り返った。勇は、まだ鼻血を流していた。

「俺は、今までのことはあやまらないよ。いじめられてたおまえも悪いんだ」

「そうだね。わかってるよ」

「おまえ、たいしたやつだったんだな」

「それはちょっと違うと思うな」

「何でだ？」

「たぶん、誰だってたいしたやつなんだ。見方の問題だね」

勇は、じっと慎治を見つめた。その眼に憎しみの色はもうなかった。不思議なことに慎治の怒りも消えていた。

なぜ勇が慎治の側に付いたのかわからなかった。だが、いずれわかる日が来るのではないかと慎治は思った。

「あたし、武田くんを送っていかなきゃ……」

洋子が言った。

「いいよ。ひとりで帰れるよ」

「だめよ。マネージャーですからね」

「関係ねえよ……」

慎治は言った。

「先生に言ってもいいよ。僕にやられたって……」

「何を言うって？」

勇は、言った。「俺、練習中に怪我しただけだぜ」

洋子がティッシュを出して、小さく丸めた。それを勇の鼻に押し込もうとする。勇は、それを洋子の手から奪い取って自分で鼻に栓をした。

その一連のやり取りを見ていた慎治は、妙にやるせない気分になってきた。

「俺、着替えるからよ……」

勇は、誰に言うともなく言った。

洋子が慎治に言った。

「本当に守ってくれたのね。お礼を言わなきゃ」

「約束だからな……」

「お礼を言って、そして、あやまらなきゃならないの……」

そのときには、すでに慎治は、洋子が何を言いたいのかわかりかけていた。信じたくはないが、それが真実のようだった。

慎治は言った。

「いいよ、別に……。何も言わなくても……」

「聞いてほしいの。あたし、やっぱり武田くんが好きなの。武田くんが渋沢くんのこといじめてるの知って、それをどうにかやめさせたくて……。それで、渋沢くんに近づいたの。だって、いじめなんてやるの、武田くんらしくないし……。渋沢くんに何とかしてもらおうと思ったのは本当のことよ」

つまり、慎治がしっかりすれば、勇もいじめをやめるかもしれないという洋子の計算だったのだ。

勇にいっそう近づくために、慎治を利用したとも言える。

慎治は、無理やりほほえんだ。

「なんとなく、わかってたよ……」

「渋沢くんが、いつもあたしのこと見ててくれたから……。きっと、助けてくれると思って……」

「わかってるってば……。もう、いいよ」

慎治は、ぎこちないほほえみを浮かべたまま、出口に向かった。

「おい、渋沢……」

勇が言った。

慎治は足を止めて立ち止まった。

「何だ？」

「おまえ、けっこういいやつかもな」

慎治は何も言わず外に出た。部室に残ったふたりがどういう会話をするか、想像がついた。洋子は告白をし、勇はそれを受け入れる。

ひどくみじめな気分になるはずだった。洋子と付き合えるかもしれないという、幸福な予想は打ち砕かれた。結果的には、洋子と勇を結び付けるキューピッド役を演じたことになるのかもしれない。

だが、不思議と悪い気分ではなかった。一抹の淋しさとともに、一種のすがすがしさすら感じていた。

慎治は、将太たちのいじめを自分の力で排除した。今後もいろいろとあるかもしれないが、何とかできる自信がついた。なにせ慎治は、学校だけの世界で右往左往している暇はないのだ。

モデリングの腕も磨かなければならない。袴田に格闘技を習いはじめるかもしれない。そして、里見のチームに加わるかもしれない。

いろいろな世界が慎治を待っているのだ。将太になど関わっている暇はない。

慎治は、校庭を横切り、校門に向かって歩いていた。ふと、ジャージ姿の洋子がそこにいるような気がした。

それは、さきほど見たマネージャー姿の幻にすぎなかった。ゆうべもベッドの中で洋子のことを想像していた。それがもう叶《かな》わぬ思いであることがはっきりした。

もう、あれこれと楽しい日々を思い描くこともできないのかと思った。そのとたんに、ひどく悲しくなった。

初めて経験する失恋かもしれなかった。はじめての経験は、どんな些細なことでもひどく響くものだ。

慎治は、振られた瞬間はそうではなくとも、失恋というのは、後になって効いてくるものだということを知った。それまでの思いが彼を押しつぶそうとする。

「まあ、こんなもんだよ……。岡さんが僕のことを好きになるはずないもの……」

慎治は、わざと声に出してつぶやいた。あのとき洋子の前でほほえむことができたのが不思議だった。

好きな女を守るために強くなろうとした。そして、その女が自分のもとを去るときに、ほほえんでいた。

慎治は、今は精一杯でそれにどんな意味があるのかわからなかった。だが、何となく、男として大切なことであるような気がしていた。

23

「日曜の夜十時から十二時の二時間」

里見が言った。「その二時間のうちに、こちらがビデオを奪えば、こちらの勝ち。奪えなければそちらの勝ち。そういう条件だそうだな？」

テーブルをはさんで向かい合っている松井がうなずいた。

古池と里見が『サンセット』を訪れ、打合せをしていた。里見に言わせると、これは戦時外交ということになるそうだ。

里見のとなりに古池がおり、テーブルの向こうに松井と山下が並んでいる。里見は山下をちらりと見た。山下は、顔色を変えまいとしている。

「これがその現物だ」

松井が、レンタル用のビデオを入れるのに使用する黒いパッケージを取り出し、それを開いて見せた。ビデオには、白いシールが貼られており、赤いマジックで『サンセット』と大きく書かれている。

里見はそれを手に取り、子細に眺めた。松井が言った。

「当日、そのビデオは俺が携帯している。俺を見つけ出して、追い詰めるか撃ち殺すかしてそれを奪えば、そちらの勝ちだ」

「デコイを用意しても無駄だぞ」

里見は、威嚇するように言った。「こちらには、あんたの知らない情報網がある」

「あんたのスパイごっこの噂はよく知っている。心配ない。偽物《ダミー》は一切用意しない。俺はその二時間、ずっと本物を持っている。約束する」

里見は、ビデオテープをテーブルの上に置くと、ポケットから何かを取り出した。

「念のためにこいつを貼らせてもらう」

それは、マークの入ったシールだった。二枚ある。

「何だそれは」

「俺たちのチームのマークだ」

それは、艶消しの緑褐色で、Wが二つ重なったデザインになっている。直径が五センチほどの円形のシールだ。

「なるほど。『ワイルド・ウルヴズ』のマークか……。しかし、そちらのマークをこれに貼るのは面白くないな……」

「こいつを貼っておけば、本物であることがすぐに確認できる」

松井は、肩をすぼめた。

「いいだろう。あんたが貼ればいい」

「そうさせてもらう」

里見は、裏紙をはがして、まずテープ本体にシールを貼った。同様に黒いパッケージにも貼った。本来、装備などに貼ることを目的として作ったシールなので、目立たない色をしている。遠くから見てもわからないかもしれないが、手に取ればすぐに確認できる。

その作業を見つめていた松井が言った。

「当日、万が一、そちらのチームの人間に何かあっても、こちらは一切責任を取らないから、そのつもりで」

「万が一……？」

古池が思わず尋ねた。

「そう。町中で、物騒な恰好をした連中がうろつくんだ。警察が飛んでくるかもしれない」

里見は、にやりと笑った。

「警察や、住民に見つかるようなら、この作戦は成功しないよ」

松井が里見に言った。

「自信がありそうだな……」

「ある」

「まあ、日曜日を楽しみにしている。健闘を祈るよ」

「ああ……。こちらもあんたたちの健闘を祈っている」

『サンセット』を出ると、里見は、つぶやいた。

「くそっ。松井のやつ……」

古池は尋ねた。

「何だ？　松井が何か企んでいると思うのか？」

「ビデオテープに関しては、あいつの言ったとおりだろう。デコイも用意しないだろうし、当日あいつが身につけているというのも本当だろう。あいつは自信があるんだ。へたな小細工をしなくても勝てるという自信がな……」

「なぜだ？　実力はおまえの『ワイルド・ウルヴズ』のほうが上だと言っていただろう？」

「他人事のように言うな。おまえも『ワイルド・ウルヴズ』の一員なんだぞ」

「迷惑な話だ」

「スパイから情報があったんだ」

「スパイ……？」

「松井のやつは、最強の傭兵部隊を雇った」

「最強の傭兵部隊？」

「そうだ。『虎部隊』だ」

「たしかに、狼《おおかみ》より虎のほうが強そうだな……」

「おまえは、あまりゲームに参加していないから知らないだろうが、『虎部隊』は都内では有名なチームだ。埴生というやつがリーダーだ。このチームは、グアムで合宿をやる。拳銃の腕を実銃で磨いている。全員が司令官をやれるくらい、戦術に長《た》けている。そして、全員が何かの武術の段持ちだ」

「何人いるんだ？」

「全部で四人のはずだが……」

「四人ならたいしたことないだろう」

「一騎当千という言葉を知っているか？　戦いを熟知している人間は、ひとりで優に十人分の働きをする」

「なら、こちらに勝ち目はないということか？」

「松井はそう思っているから自信たっぷりなんだ」

「やばいな……」

里見は、いつもの軽い調子を取り戻して言った。

「なに……、ちょっとしんどい戦いになるというだけだ。結局、勝利はこちらのものだよ。心配するな」

「だといいがな……」

「明日、最終的な作戦会議をやる。夜九時に『ボン』に集合だ」

『ボン』というのは、駅前にあるスナックだった。里見のチームのメンバーがマスターをやっている。『サンセット』とはワンブロックも離れていない。

「わかった」

古池はうなずいた。

「あんたのお弟子にも来るように言ってくれ」

「夜の九時だぞ。中学生にスナックに来いというのか？」

「保護者が付いているんだ。かまわないだろう？」

「保護者？」

「あんたのことだよ。じゃあな」

里見は自宅のほうに歩き去った。

その後ろ姿を眺め、古池はまたため息をついていた。

「どうして、こんなことに巻き込まれちまったんだろうな……」


『ボン』はものものしい雰囲気で、慎治は緊張していた。

『ワイルド・ウルヴズ』は、総勢で十二人いた。人数からいっても地区最大のチームだということだった。しかも、全員が熱心で、滅多にゲームを欠席しないという。

慎治は、里見の説明を聞いていたが、内容はよく理解できなかった。援護だの迂回《うかい》だの陽動だのという言葉は、なんとなく理解できるが、どう動いたらいいのかさっぱりわからない。

里見の説明より、それを聞いているメンバーの態度が気になっていた。彼らは、余裕たっぷりで話を聞いている。映画なんかで見たことのあるベテラン兵士の態度だった。

実際、彼らは慣れているのだろうと慎治は思った。訓練を重ね、実戦を重ね、彼らは自信を持っている。

中には薄笑いを浮かべているメンバーさえいた。

「いいか」

里見の説明が続いていた。「何度も言う。短期決戦だ。五分で片をつける。それ以上かかったら、こちらに勝機はないと思え。相手は『虎部隊』だ。長引けばそれだけこちらが不利になる。地の利も向こうにある。五分だ。アタックは一回きりだ。それで勝負を決める」

中央のテーブルには、『サンセット』の見取り図があった。松井が提供したものだ。『サンセット』の常連である古池が子細にその見取り図を検討して間違いないことを確認していた。

「そんなに広くはない店だ。突入してしまえば、松井を見つけるのに、それほど苦労はしない。問題は、『虎部隊』がどういう陣営を敷いているかだ」

里見は袴田を見た。「どう思う？」

袴田は、じっと図面を見つめた。彼の頭の中には、店内だけでなくその周囲の様子も入っているはずだった。

「正面に陽動をかけて、裏口から侵入というのが常套《じょうとう》手段だ。しかし、それは誰もが考える。敵はその裏を読むだろう。俺が『虎部隊』なら、勢力を正面玄関に集中する。正面玄関のほうが広く、防衛が難しいからな」

「よし、ならば受けて立とう。こちらは、陽動と見せかけて、本命を正面からぶち込む。裏口は無視する。その時点で、向こうの勢力を二分できるかもしれない。裏口を固めていた勢力が孤立するからな」

「こちらが侵入した時点で、敵は撤退戦にシフトするだろう。建物の奥へ奥へと逃げながら、要所要所で反撃を繰り返すわけだ」

「侵入した段階で、こちらも散開しよう。とにかく松井ひとりをつかまえればいい」

「何かに似ているな……」

誰かが言った。里見は、そちらを向いてほくそえんだ。

「赤穂浪士の討ち入りだよ」

里見は、ソフトケースに入ったライフルとガンベルトに納まった拳銃を慎治に差し出した。

慎治は、それを受け取り緊張した。

「それを使ってくれ。使い方をこれから説明するから、本番までに慣れておくんだ」

ソフトケースのジッパーを開くと、黒光りする銃身が現れた。

「マルイの電動ガンだ。フルチャージしてある。アーマライトM16A2。俺が撃てと言ったら、何も考えず、フルオートでぶっぱなせ」

「フルオートって……？」

「連射だ。ここのレバーで切り換える。こちらにするとセミオート、つまり一発ずつ撃てる。だが、おまえはこちらを使う必要はない。ひたすら弾がなくなるまで撃ちまくればいい。この拳銃は、ウエスタンアームズのワルサーP38。最近は、ブローバックが主流だが、こいつはブローバックしない。その分、作動不良が少なく、弾に威力がある。このウエスタンアームズのワルサーは名銃だよ。一回のガスチャージで多くの弾が撃てるのも魅力だ」

それから、里見は、ゴーグルを取り出した。

「サバイバルゲームの最も基本的なルールのひとつがこのゴーグルだ。もし、ゴーグルを着けていない競技者を誰かが発見したら、たいていは、その時点でゲームがフリーズされる。必ず、これを着けているんだ」

ゴーグルは危険防止のためだ。ガスや電動のピストンを使うエアソフトガンは、玩具とはいえ至近距離で撃てばアルミ罐に穴をあけるほどの威力がある。目に当たれば失明のおそれもある。

「はい。あの……」

「何だ？」

「当日は、どんな恰好をしていけばいいんですか？」

尋ねながら、慎治は、まるで遠足の注意事項を尋ねているみたいだと思い情けなくなった。そんな気持ちを察してか、里見は苦笑した。

「動きやすければどんな恰好でもいい。野外戦じゃないから、迷彩の必要もない。だが、明かりを消された状態で戦うことも考えられるから、黒っぽい服がいいだろう。俺たちは、全員黒いバンダナをかぶっている。それが敵味方の目印にもなる。おまえさんにも一枚渡しておこう」

「はい……」

「よし、状況説明《ブリーフィング》終わりだ。じゃあ、古池とそのお弟子はこっちへ来てくれ。素人向けにどう動いたらいいか詳しく説明する。お弟子には、銃の扱いも説明しなきゃならんしな……」

メンバーたちは、思い思いの席に散って酒を飲みはじめた。『ボン』はカウンターがメインの小さな店で、十二人もの人数が入ると貸切り状態になってしまう。

慎治は、どきどきしながら、銃の扱いと、当日の行動の説明を聞いた。

里見が慎治に求めたのは、ただ、「言うとおりに動け、俺のそばを離れるな」ということだけだった。

慎治は、家に帰ってから、ずっと銃をいじって過ごした。ノックの音が聞こえて、父親が部屋に入ってきた。

「何だそれは？」

父親が慎治の部屋に来るのは珍しい。たいていは、母親がやってきて小言を言う。

慎治はどうこたえていいかわからず、黙っていた。

「どこから持ってきた？」

「借りたんだよ」

「誰から……」

「今度の日曜に、サバイバルゲームをやるんだ。担任の古池先生やなんかと。そのチームのリーダーの人から……」

「サバイバルゲームって、あの戦争ごっこか？」

「ただの戦争ごっこじゃないよ。ちゃんと作戦とか立ててるんだ」

慎治は、父のほうを見なかった。てっきり父に叱られるものと思っていた。

父親は言った。

「ちょっと、見せてみろ……」

慎治は、アーマライトＭ16Ａ２を差し出した。父親はそれを手に取ると、熱心に眺めていた。

「どうやるんだ？」

「これがスイッチ。電動ガンなんだ」

「弾は出るのか？」

「小さなプラスチックの弾が出るよ」

「へえ……。最近のモデルガンはよくできているな……」

慎治はおそるおそる父のほうを見た。父は、子供のように銃に見入っている。

「父さんの子供のころは、銀玉鉄砲で遊んだっけ。モデルガンなんて高くて手が出なかったな。おまえが、こんなものに興味を持つとはな……」

「どうしてさ……」

「ひ弱な女みたいなやつだと思っていたからな」

「僕、中国武術も習ったよ」

「誰から」

「そのチームの人にだよ」

「たまげたな……。で、そのサバイバルゲームって、どこでやるんだ?」

「秘密だよ。作戦上の秘密だ」

「ほう……」

父は、アーマライト小銃を慎治に返した。「こいつは、おまえが作ったのか?」

父は、机の上の『ガンダムＲＸ78』を見て言った。

「そうだよ」

慎治は、気分をよくしてこたえた。「ただ組み立てただけじゃないよ。いろいろと改造したんだ。パテとか使って……」

父は、じっとガンダムを見つめていたが、やがて、慎治のほうを見て言った。

「なあ、今度、母さんに内緒でモデルガン、買いにいかないか？」

「父さんも、そういうの好きなの？」

「男なら誰だって好きさ。プラモデルだって好きだ」

父親にも少年時代があったのだということに、慎治は初めて気づいたような気がした。不思議な気持ちで慎治は言った。

「付き合ってもいいよ。子供がいっしょのほうが、そういう店、行きやすいんだろ？」

「まあ、そういうことだ」

「その代わり、モデリングの道具揃えるの、ちょっと助けてくれる？」

「小遣いをくれという意味か？」

「まあ、そうかな……」

「よし、いいだろう」

慎治は、生まれてはじめて、父と男同士の話をしたような気がしていた。少々くすぐったくも、どこか誇らしい気分だった。

24

『ワイルド・ウルヴズ』のメンバーは全員、黒の戦闘服に身を包んでいた。全員が、腰にサイドアームの拳銃を下げ、手に小銃かサブマシンガンを持っている。

「いいか、びびるな。おまえの名誉がかかった戦いなんだ」

新製品の電動ガン、ＳＩＧ・ＳＧ５５０を手にした里見が言った。慎治は、アーマライトＭ16Ａ２を胸に抱いてうなずいた。

慎治は、黒いスウェットの上下を着ていた。部屋着にしているものだが、動きやすく黒っぽい服といえば、これしかなかったのだ。だが、頭にバンダナをすると、それなりに恰好がついた。

古池は、迷惑そうな顔で車の窓から外の景色を見ている。

彼らは、七人乗りのワンボックスカーに乗っていた。あとの六人は、４ＷＤに乗って後ろから付いてくる。

やがて、作戦どおりに、二台の車は別れた。細い商店街の道をワンボックスカーはゆっくりと進んだ。ヘッドライトは消していた。４ＷＤは、道路を回り込んで反対側から侵入し、慎治たちの乗っているワンボックスカーと対向するように進んでくる。

ワンボックスカーの前方で４ＷＤが停止するのが見えた。慎治たちの車も停止する。すでに十時は過ぎている。

里見は時計を見ていた。

まだ出撃の時間でないことは、全員が心得ていた。短時間で勝負は決まる。敵の集中力は、約束の戦闘開始時間十時に最も高まる。その後、ゆるやかに下降していき、三十分後には、集中力を持続することが困難になりはじめる。

その時間帯を狙うのだ。

出撃の時間は、十時三十分きっかりと決められていた。

誰も口をきかない。緊張が高まっていく。慎治は、無意識のうちに何度も唾を飲み下していた。

助手席にいるメンバーが、双眼鏡のようなもので、『サンセット』の玄関の様子をうかがっている。

「どうだ？」

沈黙を破って、里見が助手席のメンバーに尋ねた。

「ええ……。自動ドアのスイッチを切って、開け放っているようですね……。明かりは消えています。出口を固めているのは、ここから見える範囲で四人……」

「『虎部隊』かな？」

「さあ……。でも、タイガーストライプじゃありません。ウッドランド・パターンの迷彩服を着ています」

　慎治は、不思議そうな顔で助手席の男を見ていた。『サンセット』の店先は、街灯の明かりはあるものの、かなり暗いのだ。

　里見がそれに気づいて言った。

「スターライト・スコープだよ」

「何です、それ……」

「わずかな光を電子的に増幅する装置だ。暗闇でもかなりはっきりと物が見える。すべて緑っぽく見えるがね……」

「へえ……」

「あ……」

　スターライト・スコープをのぞいていた男が小さく叫んだ。

「どうした?」

「タイガーストライプに黒のベレー帽……。あいつら、『虎部隊』だ。玄関にふたりほど見え隠れしています。玄関に確認できた員数は、計六人」

「六人か……。松井の親衛隊に何人か付いていると考えて、裏口は三、四人というところだろうな……」

「どうします？　裏から侵入するよう、作戦を変更しますか？」

「いや、作戦は変えない。陽動と思わせておいて、正面突破だ。いいか、援護の火線を緩めるな。援護がすべてを決めるぞ」

　里見が時計を見る。

「あと五分だ。集中しろ」


　戦いは、いきなり始まった。

　十時三十分きっかりに、ワンボックスカーと4ＷＤのすべてのドアが開け放たれた。そのとたんに、『サンセット』の玄関から、猛然と撃ってきた。

『ワイルド・ウルヴズ』のメンバーはまったく慌てなかった。車をシールドにしてすでに射撃を開始していた。

　敵の射撃が断続的になる。玄関では、敵六人に対して、味方が十二人いる。慎治を加えて十三人だ。

　ファースト・コンタクトで、すでに、敵をふたり倒していた。サバイバルゲームでは、弾に当たったかどうかは基本的に自己申告だ。弾を食らってなお動き回るゲーム参加者を『ゾンビ』と呼ぶが、『ゾンビ』は、ゲームにおいて最も軽蔑される。だから、嘘の申告をする者はほとんどいない。

弾を食らった者は、死亡ということになり、ゲームから脱落する。

『ワイルド・ウルヴズ』の射撃が一気に優勢になり、その瞬間に、里見が叫んだ。

「突撃だ！」

四人が、腰だめで連射しながら突進する。残りは、援護の火線を絶やさなかった。突撃するメンバーの安否を決めるのは、援護の充実だ。

突撃した四人は、さらに、敵ふたりを倒した。しかし、玄関に到達する前に全滅した。

里見は攻撃の手を緩めなかった。さらに四名が突進する。敵の火線は、微弱になり、その四人は、たやすく玄関の脇に取りついた。両側にふたりずつだ。

左右のひとりずつが、ポケットから何かを取り出した。円筒形の容器だ。その蓋で容器の頭を擦《こす》る。激しく煙を出しはじめた。

バルサンだった。彼らは、戸口の左右から計二個のバルサンを店に放り込んだ。しばらくして、戸口から、煙が流れ出てきた。

四人は、それを確認してから、突入した。里見は、命じた。

「次、行くぞ！」

ふたりがさっと車の陰から飛び出して玄関に突進した。

「援護だ！」

里見が怒鳴った。車の陰に残っているのは、里見、古池、慎治の三人だけだった。「撃ちまくれ。だが、味方を撃つなよ」

慎治は、フルオートでM16A2を撃ちまくった。すぐに弾倉が空《から》になる。すぐさま予備の弾倉に取り替えた。その手順は、自宅で何度も練習をしていた。大切な作業であることを里見から教わっていたのだ。

すでに、四人が玄関を制圧しており、続いたふたりも侵入に成功した。

「よし、行くぞ」

里見が言った。「俺にぴったりとついて走れ」

里見が飛び出した。慎治は、夢中でそれについていった。すぐ後ろを、古池が駆けてくる。

『サンセット』の店内は、煙が濃く充満していた。視界を奪う煙は、敵に対して心理的な攻撃となっていた。

『ワイルド・ウルヴズ』のメンバーは、きわめて組織だった行動を取った。侵入するとすぐにふたりずつの組になり、棚づたいに少しずつ奥へと進んでいた。

裏口を固めていた敵が撃ちはじめたが、すでに位置を確保していた『ワイルド・ウルヴズ』は、落ち着いて反撃できた。撃ち合いが始まり、膠着《こうちゃく》状態に見えたが、里見が独立して行動を始めた。

慎治と古池は、それにぴったりとついていった。里見は、音を立てずに移動していく。

常に周囲に注意を払っている。

突然、目の前に敵が現れた。里見は、ＳＧ５５０でバーストショットを見舞い、その敵を倒した。

「事務所だ。行くぞ。常に姿勢を低くしていろ」

慎治は、息が苦しかった。慣れない行動で体力を消耗していた。店内にはバルサンの煙が満ちている。

撃ち合いの音が止んだ。

慎治は、なぜ静かになったのか、その理由がわからなかったが、里見は悟っているようだった。

「くそっ」

里見は小さく毒づいた。「『虎部隊』だ……」

仲間が全滅したという意味だ。

残るは、慎治を含めて三人しかいない。だが、すでに、敵も残り少ないはずだ。

『虎部隊』は、影のように店内を移動しているようだった。バルサンの攻撃にうろたえるような連中ではなかった。

慎治は、心底恐ろしくなった。無意識のうちに、目を大きく見開いた。煙が目にしみたが、緊張のせいでそうせずにはいられないのだ。

『虎部隊』が今にも姿を現しそうな気がする。得体のしれない怪物が、音もなくこちらの様子をうかがっているような気分だった。

突然、里見が振り返った。そこに『虎部隊』のひとりが立っていた。こちらに銃口を向けている。

里見は、SG550を床に捨てた。同時に『虎部隊』のメンバーが撃ってくる。里見は、身を投げ出すと、ホルスターからベレッタを抜いて三連射した。命中した。『虎部隊』のひとりを倒したのだ。

慎治は、里見の一連の動作がすべて終了してから、なぜ、ライフルを捨てたかを悟った。長いライフルを振り向けるのは時間のロスがある。なおかつ、里見の後方には慎治と古池がおり、邪魔になった。

「残る『虎部隊』は、三人だ」

里見は、ささやくように言った。「おそらく、親衛隊として松井のそばにいる」

言いおわると、再び前進を始めた。ほとんど膝付きの姿勢で進む。運動部が『あひる』と呼ぶ、腰を落とした歩き方のようだ。ひどく下半身を酷使する。

慎治は、筋肉の苦痛に耐えてついていった。

やがて里見は、事務所のドアの脇に取りついた。慎治と古池も、その側に身を寄せた。

慎治は店内を見回していた。どこかに、『虎部隊』がいるかもしれない。

「ここが勝負だ。松井をつかまえれば勝ちだ。飛び込んで、フルオートで乱射する。特攻だ。確実に殺されるが、親衛隊をやっつけることができるかもしれない」

慎治は、体が震えるのをどうしようもなかった。あまりの緊張に、もどしそうな気分になってくる。

「俺が行くよ」

古池が言った。「弾を食らうまでに、何人か倒せばいいんだろう？」

「玉砕だぞ」

「本当に死ぬわけじゃないんだ」

慎治は、本当に死ぬような気持ちだった。里見が言った。

「シラケる野郎だ……。いいか、弾を食らってから発射した弾は、相手に当たっても無効だからな」

「わかってるよ」

「飛び込んだら、床に転がれ。フルオートで掃射すれば、誰かに当たる」

「了解だ」

古池は、ドアのすぐ脇に歩み出た。そこでひと言つぶやいた。

「まったくよ……」

次の瞬間、戸口から飛び込んでいった。ひとしきり、撃ち合いの音が聞こえる。やがて、静かになった。

　里見は、じっと耳を澄ましている。やがて、意を決したようにさっと銃を構えて戸口に立った。

　事務所の中をうかがっていたが、やがて銃を下ろした。慎治に手招きする。どうやら安全なようだ。

　慎治は、そっと事務所の中をのぞき込んだ。『虎部隊』の隊員らしい男と古池が立っていた。古池が言った。

「両者、戦死だ」

「松井はいないのか？」

『虎部隊』の隊員がにっと笑って言った。

「俺たちゃ死体だぜ、こたえられるはずがない」

「くそっ」

　里見がさっと振り向いた。

　そのとき、裏口の方向から弾が飛んできた。慎治は、呆然と立ち尽くしていた。突然、どんと激しいショックがきた。

　里見が体当たりをしたのだ。ふたりは棚の陰に転がり込んだ。

「死ぬ気か」

里見が言った。

「すいません」

「やつら、裏口のほうにひそんでいたな。脱出路を確保している……」

慎治は、泣きそうな顔で里見を見た。里見は言った。

「時間をかけ過ぎたな……。俺たちは、事務所におびき寄せられた形になった。事務所に罠を張っていたんだ」

「どうするんです？」

「行くしかないさ。松井を押さえなきゃ負けなんだ」

里見は前進を開始した。慎治は、再び緊張が高まるのを意識していた。

万引きビデオを発売されてもいいから、もうこの場から早く解放されたいと思った。しかし、里見の姿を見て、どうにか踏みとどまることができた。里見は、負けることをまったく考えていない。勝つためにどうするか――そのことだけを考えているのだ。

前方で影が動いた。

慎治がそう感じた瞬間、もう里見は撃ちはじめていた。敵も撃ち返して来る。さらに里見が棚づたいに前進する。里見は、いかなる場合でも敵と自分との間に遮蔽物を確保している。

里見はＳＧ５５０のマガジンを交換しようとして、舌打ちした。

「くそっ。弾切れか……」

彼は、その場にSG550を置くと、サイドアームのベレッタを抜いた。「M16を貸せ。代わりにこいつを渡す」

慎治は、理由がわからなかったが、言われたとおりにした。

「いいか、俺が援護するから、迂回するんだ」

「迂回って？」

「俺が敵の眼を引き付けておくから、大きく回って敵の横に出るんだ。そこから、近づき、拳銃の弾をありったけ撃ち込め。ベレッタの弾が尽きたら、捨てて、おまえのワルサーの弾を全弾撃て」

里見は、M16A2を構えた。「俺が撃ちはじめたら行け」

「はい」

里見は、敵がいる方向にセミオートで撃ちはじめた。

慎治は、横へ移動しはじめた。姿勢を低くし、棚から棚へと移動していく。心臓が高鳴った。何も考えられなかった。ただ、里見に言われたとおりのことをするだけだった。

やがて、慎治は敵の脇に出た。見つからなかったのが不思議だと思った。だが、これが戦術というものなのだろうと、慎治は気づいた。敵はどうしても、撃ってくる相手に気を取られてしまう。

棚の陰から様子をうかがう。タイガーストライプに黒いベレー帽を被《かぶ》った男がふたり、それに、ウッドランド・パターンの迷彩を着た松井がいた。

『虎部隊』の隊員二名が松井を守っているのだ。

慎治は、恐怖と緊張で背筋に軽い痺れのようなものを感じていた。腰がふわふわと浮いているような気がする。失禁しそうだった。（せっかく、ここまで来たんだ。行かないと迂回した意味がない）

慎治は、一度目をしっかりと閉じて、自分を奮い立たせようとした。

（よし！）

慎治は、ひとつ深呼吸をしてから、飛び出した。

慎治は、ベレッタを両手で構えて続けざまに撃った。弾は集中しなかった。慌てているので、狙いが定まらない。

『虎部隊』のひとりが、小銃を慎治のほうに向けた。

そのとき、視界の隅で、里見がさっと立ち上がるのが見えた。里見は、立った状態でライフルを構え、フルオートで撃った。一瞬にして残った弾を撃ち尽くす。

慎治に銃口を向けた『虎部隊』の隊員は弾を食らい「死亡」となった。

だが、次の瞬間、残った『虎部隊』の隊員が里見を撃ち殺していた。里見は、身を挺《てい》して慎治を救ったのだ。

ベレッタはすでに弾切れだ。ワルサーを抜く。慎治は、撃ちながら突進していた。松井が撃ってきた。しかし、松井もすぐに弾切れとなった。

里見を撃ち殺した『虎部隊』の隊員が、慎治に小銃の銃口を向けようとする。しかし、慎治の突進が早かった。慎治は、思い切って肩口からぶつかっていた。

『虎部隊』の隊員がもんどり打って床に転がった。その衝撃で、慎治もワルサーを取り落としていた。

『虎部隊』の隊員が、頭を振って起き上がろうとしている。慎治は、落としたワルサーを探していた。

「俺に白兵戦を挑むのか……」

『虎部隊』の隊員は、立ち上がった。「いい度胸だな……」

「撃ち殺せ」

松井が言った。「それでゲームオーバーだ」

「黙っていてもらおう」

『虎部隊』の隊員が言った。「これは、俺の戦いだ」

「埴生！　作戦行動中だぞ！」

「こいつを倒しゃいいんだろう。わけないさ……」

「くそっ。だから傭兵ってやつは……」

慎治は、相手の名前が埴生であることを知った。『虎部隊』の埴生は、半身に構え、膝を軽く曲げた。それがすごく様になっていた。埴生が何かの格闘技をやっていることは、慎治にもすぐわかった。

武田や佐野を相手にするのとは訳が違う。慎治は、逃げだしたくなった。あやまって済むのならそうしたいとも考えた。

しかし、敵は戦うつもりでいる。

ちくしょう、どうにでもなれ。

慎治は、やはり相手と同じく半身になった。そして、馬歩で構える。

「おまえも何かやっているな……？」

埴生は、余裕の態度で言った。

慎治はこたえなかった。彼は、袴田に教わったことを、必死で思い出していた。

（相討ちを狙うんだ。相討ちだ……）

埴生はじりじりと迫ってきた。

慎治は下がらなかった。相討ちを狙っているので下がる気にはなれなかった。

埴生は、ローキックを飛ばしてきた。慎治はどうすることもできない。しかし、馬歩の効用がこんなところにもあった。相手に膝を向けている形になるので、ローキックの蹴り足に慎治の膝がぶつかった。

慎治は、気づかなかったが、埴生の足のほうにダメージを与える結果になったのだ。

埴生は、足を引くと、ジャブとフックのワンツーを打ち込んできた。

(来た！)

慎治は、目をつむって頭を突き出した。

ジャブが顔面をかすめる。続いてしたたかな衝撃。

勇を相手にしたときと同じだった。額にぐしゃりという感触があった。

目を開けると、埴生がゆっくりとのけ反っていく。そのまま、床に倒れた。

慎治は、倒れた埴生の脇にワルサーが落ちているのを見つけた。慎治のワルサーだ。

夢中でそれに飛びつく。埴生がもがいて起き上がろうとした。

慎治は、至近距離から撃った。外すはずはなかった。

埴生はあっけにとられた顔をしている。その鼻から血がしたたっている。自分がやられたことが信じられないようだった。

慎治も、呆然としていたが、はっとやるべきことを思い出した。

さっとワルサーを松井に向ける。

松井は、苦い顔をしていた。やがてゆっくりと両手を挙げた。

「ビデオを下さい」

慎治は言った。

「わかっている。おまえの勝ちだ」

松井は、野戦服のズボンのポケットから、ビデオのケースを取り出した。

「ケースを開けて中身を見せてください」

「用心深いな……」

松井は言われたとおりにした。間違いなく、ビデオには『ワイルド・ウルヴズ』のシールが貼ってあった。

慎治は、それを手にした。

そのとたん、松井が大声で言った。

「ゲームオーバーだ」

店内に明かりが灯る。

ゲームに参加したメンバーたちが、敵味方入り乱れて出入口のあたりに集まっていた。

里見が、慎治に向かってガッツポーズを取った。

「おい、若いの……」

誰かが慎治の肩を叩いた。『虎部隊』の埴生だった。

「はい……」

埴生は、鼻血を流している。

「名前を聞かせてくれ」

「渋沢です」

「『虎部隊』の埴生だ。いい戦いっぷりだった」

埴生は、戦闘中とはまったく違う穏やかな表情になっていた。「また、会おう」

慎治は体中の力が抜けていた。今にも崩れ落ちてしまいそうだった。一気に緊張が解けたせいだ。その虚脱感と同時に、血が熱くなるような感動を覚えていた。

25

「和解したよ」

古池が言った。

「和解……？」

里見がビールの罐を片手に聞き返した。

サバイバルゲームから三日経った。慎治と里見は、古池の部屋を訪ねていた。慎治が里見の店で新しいプラモデルを買った。『０８小隊』の『ＲＸ79Ｇ』と『ザク』のセットだった。

それを古池の部屋で組み立てることにしたのだ。しばらくの間、道具を借りたり、いろいろとアドバイスをしてもらうため、古池の部屋に通うつもりだった。

「松井は、ビデオの発売を見合わせるらしい」

「お弟子の部分だけでなく、全部?」

「ああ。なんだかばからしくなったんだってさ。久しぶりにサバイバルゲームをやってストレスを解消したら、なんだかすっきりしちまって、今までいらいらしていたのが嘘のようだと言っていた」

「何だよ、それ……」

「万引き犯と日常的な戦いを続ける意欲が湧いてきたんじゃないのか?」

「ま、お互いのためによかったじゃないか……」

　里見は、慎治のほうを見た。「おまえ、なかなか、筋がいい。どうだ。正式に『ワイルド・ウルヴズ』のメンバーにならないか」

　慎治は、こたえた。

「考えておきます」

「何だ……。あまりいい返事じゃないな……」

「僕、どっちかというと、古池先生と同じで密室型ですから……」

「野外で汗をかいたほうがいいぞ。若いんだからな」

「今は、モデリングのほうに興味があるんです」

「そうか……。まあいい。そのかわり、買い物はうちの店でしてくれよ」

「はい」

「チームに入りたくなったらいつでも言ってくれ。歓迎する」

「はい」

「こいつは、これからいろいろな経験をしなければならない」

古池が言った。「そう……。経験といえば、こいつ、初めて失恋したそうだ」

「へえ……」

「先生！　人に言うことないでしょう」

「失恋の痛手はな、人に話して問題を一般化することで薄らいでいくんだ」

「言ってることがわかりませんよ」

古池は、相変わらず大人に話すような口調で慎治と会話する。

「そのうちにわかるようになるよ」

「失恋か……」

里見が言った。「いいよな。おまえくらいの年齢の失恋は、つまり、次の可能性を作りだすということだからな。これから、高校に行き、大学に行き、会社に入り……。出会いのチャンスは山ほどある。ちょっとうらやましいな……」

「今の僕はそんな気分になれませんよ」

「そりゃそうだな……。だが、おまえ、初めて会ったときと印象が変わったな」

「そうですか?」

「ああ。なんかぐじぐじしていてはっきりものを言わないやつだと思っていたが……」

「このくらいの年齢の男の子は、毎日変わっていくんだよ」

古池が言った。「男子、三日会わざれば、刮目《かつもく》して見よ、という諺《ことわざ》もあるだろう」

「おまえも変わったよ」

「男の成長というのは伝染するのかもしれない」

慎治は、古池と里見が話を始めたのを潮に自分の世界に入っていった。一刻も早く、プラモデルを作りたくてうずうずしていたのだ。慎治は、わくわくしながら、パッケージを開いた。

箱の中には、ビニール袋に入った色とりどりのパーツが詰まっている。夢の世界への誘《いざな》いだ。


〈完〉

解説

関口苑生

「思いっ切りオタクの話を書きませんか」

ある日、担当編集者からそう言われて、

「本当に書いていいのか？」

思わず尋《たず》ねたが、その瞬間にはもう頭の中ではテーマが浮かんでいた。

ガンダムだ。

ガンダムのことを書こう。


本書『慎治《しんじ》』（初刊は一九九七年・双葉社より刊行）は、そんなやりとりがあって生まれた、きわめてユニークな作品である。どれだけユニークかというと、何しろ初刊単行本の作者あとがきには、「いったいこの小説、誰が読むんだろうという危惧《きぐ》が、俺にはいまだにある」だとか「モデリングにもアニメにもサバイバルゲームにも興味のない読者の中には、読みおえて、なんだこりゃあと、怒りに駆られている方もおいでだろう。そういう方々には、心からお詫《わ》びを申し上げます。ごめんなさい」といった通常では考えられないような言葉が並んでいるほどなのだ。おまけに、表紙には自分でフルスクラッチした陸戦型ガンダムRX-79G（08小隊での量産型だったろうか）の写真がどーんと載っているし、帯には「みんなハマっちまえ！　究極のオタク覚醒小説、誕生。」の文字が躍り……と、まさにオタクによるオタク向けの本なのだった。

それだけに他の作品とはまたちょっと別な意味での今野敏の真剣さ、真面目《まじめ》さ、熱の入れ方……等々がひしひしと感じられる熱い一作となっており、ファンの間でも別格の扱いを受けている。最近の言い方でいえば〈神作品〉とでもなるだろうか。

主人公の渋沢《しぶさわ》慎治は、十四歳の中学二年生だ。彼は同級生から執拗《しつよう》ないじめを受けていた。クラスでも一、二を争う成績の小乃木将太《おのぎしょうた》。女子に人気がある、顔立ちのいい佐野《さの》秀一《しゅういち》。サッカー部で活躍し、体格のいい武田勇《たけだいさむ》の三人からだ。彼らは教師の前では優等生ぶりを発揮し、評判もすこぶるいい生徒たちだった。だが、実際には卑劣で、卑怯《ひきょう》きわまりない連中なのだった。中でも小乃木は自分はスターであり、一般ピープルとは違う存在なんだ、とほかのふたりの前で公言するほど傲慢な男だった。慎治は彼らから殴られ、金を巻き上げられ、やがて万引きを強要されるまでになり、今では自殺を考えるようになっていた。

その日命ぜられたのは、ビデオショップで『新世紀エヴァンゲリオン』の最新巻のビデオを盗《と》ってくることだった。殴られるのが嫌さに応じた慎治だったが、出口に差しかかったとき、いきなり警報音が鳴り出す。あわてて駆け出す慎治。それに気づいた従業員が追いかけるが、必死の思いで走りに走り、何とか逃げきることに成功する。がしかし――物語はここから本格的に始まる。

万引き現場の模様を、偶然ショップの店内にいた担任の教師・古池透《ふるいけとおる》が目撃していたのである。彼は教師でありながら人付き合いをわずらわしく感じる人物で、その中には生徒との関係も含まれていた。だから今の騒ぎで少年が自分の担任しているクラスの生徒だったことも黙っていることにした。面倒事に巻き込まれるのが嫌だったからだ。

ところが、店長の言葉でその気持ちが変化する。店長の松井隆《まついたかし》は、今の様子は監視カメラに映っているはずで、犯行現場が映ったビデオを広く世に販売してやるというのだ。そうなると、目撃してしまった古池にしても無関係ではいられなくなる。公にされれば、松井は犯人が古池の受け持ちの生徒だったことを知るだろう。そのときになって、知らなかった、見なかったでは済まされないのは間違いなかった。

そして翌日、古池が学校内で慎治の様子をうかがっていると、普段は気づかなかったことに気づく。優等生として知られる三人の生徒が慎治を取り囲んでいるのだ。

もしかして渋沢はいじめにあっているのかもしれない……。

こうして物語は動き出していくのだが、ここからの展開――というか、語られていく内容にはただただ驚き、呆《あき》れるばかり。いやその前に、慎治という名前もエヴァのシンジを彷彿《ほうふつ》とさせるし、古池透だって古谷徹《ふるやとおる》と池田秀一《いけだしゅういち》の合体技じゃないかというオタク臭がぷんぷん漂っている。

そんな中で、古池は慎治にガンダム・スクラッチ・モデル製作の世界に誘うのだ。スクラッチビルドとは模型製作方法のひとつで、ブロックや板状の樹脂からパーツを削り出して自作するものだ。一部の部品だけでなく、模型の全体をすべて自作する場合は特にフルスクラッチという。その細かい作業方法は本文に詳しいので省くが、同好の士ならば（つまりこの方面のオタク同士なら）たまらなく興奮する描写の連続だと思う。

そもそも今野敏は、小学生の頃からプラモデル作りが好きだったそうで『子供の科学』という雑誌の模型作りコーナーを見ながら、バルサ材なども結構器用に削っていた。そうした趣味、体験が現在にまで繋《つな》がっているのだろう。ガンダムとの出会いもプラモデルが先だったという。大学を卒業して音楽メーカーに入社し、それから三年後に会社を辞めて専業作家となったのだったが、小説の仕事は自分の思うようには入ってこなかった。自然と時間を持て余す日々が続き、この暇な日常をどう過ごそうかと考えたときに、プラモデル作りを思いついたのである。そのときに選んだのがガンダムだった。すると、たちまちガンダムの魅力にどっぷりとハマってしまったのだった。

ところが、当時は空前のガンプラブーム。新商品が出ると、店頭には多くの人が列をなして押し寄せたものだ。それが面倒になり、次第に「だったら自分で作ってしまおう」と考えるようになる。これがさらにガンダムをきわめる道に火をつけることに。出来上がった模型は、世界でたった一体しかない自分だけのものなのだ。これ以上オタク心を刺激し、興奮させる要因もほかにはなかった。

ガンダムの魅力は、本書の中でも熱く語られているが、ひとつには子供向けに作られていないところにある。むしろ大人こそが夢中になるよう意図されていた。アニメは子供が見るもの、子供に夢を与えるものという考え方、常識を根底から覆《くつがえ》したのだった。何せ監督が「皆殺しの富野《とみの》」である。『無敵超人ザンボット3』の人間爆弾による攻撃の悲惨さは、アニメファンなら知らない者はいないだろう。その富野善幸《よしゆき》（後に由悠季）が、正義と悪の闘いという一面的なストーリーではなく、どちらにも正義の言い分がある独立戦争の模様を描くのだ。そこに登場人物それぞれの思いや苦悩、葛藤、愛や死をめぐる感情を絡ませて物語を紡ぎ上げていく。子供に対してちっとも優しくないし、理解できる人だけついてくればいいとの姿勢が貫かれているのだった。

またガンダムは戦闘シーンでも必殺技（ロケットパーンチだとか、光子力ビィィィムといった攻撃の技）の名前を主人公が叫ばないことでも画期的だった。それはモビルスーツがロボットという感覚ではなく、武器のひとつとして描かれているからだ。戦闘機や戦車の延長にすぎないのだ。

ともあれ、古池は慎治にガンダム世界の魅力を伝え、模型作りの面白さを教えていくのだが、このときも決して子供扱いせず、大人と会話するのと同じ口調、態度で接していくのだった。このあたりもガンダムの真骨頂を忠実に踏襲しているような気がする。

　こうして慎治は、辛《つら》い思いをして生きてきた今までとはまったく違う世界を垣間見ることになり、自分の居場所を得て、少しずつ成長していくのだった。つまり本書は、オタク小説でありながらも、それに加えて青春小説——というより教養小説（ビルドゥングスロマン）の要素もたっぷり詰まった作品だと言えよう。

　教養小説という言い方は最近ではすっかり馴染《なじ》みがなくなってしまったが、文芸用語辞典でその意味を見てみると、

「主人公の魂が、周囲の人間的、文化的環境とたえず折衝しながら、ある調和した人格を形成するに至るまでの過程を描いた小説。主人公はその努力と迷いを通して、作者あるいはその時代の理想像とするものに適合する、ある完成に達する」

　とある。随分と小難しい表現だが、言わんとするところは、ひとりの人物がさまざまな障害や苦難を乗り越え、やがて成長し、発展していく姿を描いた小説ということだ。なかんずく何よりも大切なのは、知識を蓄える以上に心身を鍛えることのほうに比重が置かれていた。

　まさに慎治が経験することになる状況そのものである。スクラッチを始めたとはいえ、いじめの問題も、万引きの問題も全然解決はしていないのだ。そこをどう乗り越えていく

のか。これは本当に面白い小説だ。

とは言いながら、読み終えてまず最初に思ったことは、女はしたたかだなあとの感想がひとつ。それと、強烈に沸き上がってきたのは、08小隊のエピソード——吹雪《ふぶき》のヒマラヤ山中での愛の告白のビデオをもう一度見たいという思いだった。

やっぱりガンダムは凄《すご》い。

（せきぐち・えんせい　文芸評論家）

本書は、中央公論新社より二〇〇七年八月に刊行された作品を改版したものです。

中公文庫

慎《しん》 治《じ》

——新装版《しんそうばん》

2007年8月25日　初版発行
2017年5月25日　改版発行

著　者　今《こん》 野《の》 敏《びん》

発行者　大橋 善光

発行所　中央公論新社
〒100-8152　東京都千代田区大手町1-7-1
電話　販売 03-5299-1730　編集 03-5299-1890
URL http://www.chuko.co.jp/

DTP　ハンズ・ミケ
印　刷　三晃印刷
製　本　小泉製本

Published by CHUOKORON-SHINSHA, INC.
Printed in Japan　ISBN978-4-12-206404-1 C1193

定価はカバーに表示してあります。落丁本・乱丁本はお手数ですが小社販売部宛お送り下さい。送料小社負担にてお取り替えいたします。

各書目の下段の数字はISBNコードです。978－4－12が省略してあります。

中公文庫既刊より

こ-40-23
任俠書房
今野　敏
日村が代貸を務める阿岐本組は今時珍しく任俠道を弁えたヤクザ。その組長が、倒産寸前の出版社経営を引き受け……。『とせい』改題。「任俠」シリーズ第一弾。
206174-3

こ-40-19
任俠学園
今野　敏
「生徒はみな舎弟だ！」荒廃した私立高校を「任俠」で再建すべく、人情味あふれるヤクザたちが奔走する！「任俠」シリーズ第二弾。〈解説〉西上心太
205584-1

こ-40-22
任俠病院
今野　敏
今度の舞台は病院⁉ 世のため人のため、阿岐本雄蔵率いる阿岐本組が、病院の再建に手を出した。大人気「任俠」シリーズ第三弾。〈解説〉関口苑生
206166-8

こ-40-15
膠　着
今野　敏
老舗の糊メーカーが社運をかけた新製品は「くっつかない接着剤」⁉ 新人営業マン丸橋啓太は商品化すべく知恵を振り絞る。サラリーマン応援小説。
205263-5

こ-40-24
新装版　触　発　警視庁捜査一課・碓氷弘一1
今野　敏
朝八時、霞ヶ関駅で爆弾テロが発生、死傷者三百名を超える大惨事に！　内閣危機管理対策室は、捜査本部に一人の男を送り込んだ。「碓氷弘一」シリーズ第一弾、新装改版。
206254-2

こ-40-25
新装版　アキハバラ　警視庁捜査一課・碓氷弘一2
今野　敏
秋葉原を舞台にオタク、警視庁、マフィア、中近東のスパイまでが入り乱れるアクション&パニック小説。「碓氷弘一」シリーズ第二弾、待望の新装改版！
206255-9

こ-40-26
新装版　パラレル　警視庁捜査一課・碓氷弘一3
今野　敏
首都圏内で非行少年が次々に殺された。いずれの犯行も瞬時に行われ、被害者は三人組で、外傷は全くないという共通項が。「碓氷弘一」シリーズ第三弾、待望の新装改版。
206256-6